कैदी की पत्नी

कैदी की पत्नी

श्रीरामवृक्ष बेनीपुरी

प्रतिभा प्रतिष्ठान, नई दिल्ली

प्रकाशक : प्रतिभा प्रतिष्ठान,
694-बी, (निकट अजय मार्केट) चावड़ी बाजार, दिल्ली-110006
सर्वाधिकार : सुरक्षित / संस्करण : 2024 / मूल्य : तीन सौ रुपए
मुद्रक : जयलक्ष्मी प्रिंटिंग प्रेस, दिल्ली ISBN 978-93-83111-60-2

QAIDI KI PATNI

by Shriramvriksha Benipuri ₹300.00
Published by **PRATIBHA PRATISHTHAN**
694-B (Near Ajay Market), Chawri Bazar, Delhi-110006

अपनी रानी को
जिसके सुख-दुख की तसवीरें
अंकित करने की
चेष्टा है इसमें।

—श्रीरामवृक्ष बेनीपुरी

अपनी बात

पूज्य बाबूजी का यह उपन्यास 'कैदी की पत्नी' आपके सामने रखते हुए मैं अपार हर्ष का अनुभव कर रहा हूँ। बाबूजी ने दो उपन्यास लिखे—'पतितों के देश में' तथा 'कैदी की पत्नी'। 'पतितों के देश में' का नवीनतम संस्करण प्रकाशित हो चुका है, अब है 'कैदी की पत्नी'। ये दोनों ही उपन्यास बाबूजी के स्वतंत्रता संग्राम के दौरान लगभग आठ वर्षों तक के जेल-जीवन के अनुभवों का पिटारा हैं।

'कैदी की पत्नी' एक ऐसी पत्नी की कहानी है, जो अपने कैदी पति के जेल- जीवन के क्रम में मानसिक, शारीरिक और आर्थिक परेशानियों से जूझती है। बाबूजी ने इस पुस्तक को मेरी माँ, जिसे वे रानी कहा करते थे, को समर्पित करते हुए लिखा है, ''अपनी रानी को, जिसके सुख-दुःख की तसवीरें अंकित करने की चेष्टा है इसमें।'' 1940 में लिखे इस उपन्यास की भूमिका में उन्होंने लिखा है, ''राजनीतिक पुरुषों के गले में जयमाला पड़ती है, उनका जय-जयकार होता है। इस रूप में उनकी जेलयात्रा या त्याग-तपस्या की क्षतिपूर्ति होती जाती है।''

किंतु उनकी पत्नियों की क्या दशा होती है, उन्हें किन तकलीफों और परेशानियों से जिंदगी गुजारनी होती है। क्या इस ओर कभी ध्यान दिया गया है? शरीर के कष्ट तो सह भी लिये जाते हैं, किंतु मानसिक चिंता और वेदनाएँ बिच्छू के डंक भी क्या खाकर मुकाबला करेंगे उनका!

'कैदी की पत्नी' में मैंने उन्हीं वेदनाओं को साकार करने की चेष्टा की है और स्पष्ट कहूँ, उसमें सफल नहीं हो सका हूँ, क्योंकि कष्टों का

द्रष्टा मात्र ही तो रहा हूँ।

स्वतंत्रता संग्राम के सेनानियों और उनके परिवार की पीड़ा को मेरी माँ से अधिक विरलों ने झेला होगा। मेरा जन्म 12 अगस्त, 1942 को हुआ था, मेरे जन्म के चंद दिन पहले ही भगतसिंह की शहादत पर बाबूजी ने 'इनकलाब जिंदाबाद' लेख लिखने के कारण तीन वर्षों के लिए नजरबंद कर दिए गए थे और जब मैं लगभग तीन वर्ष का हुआ, तब पहली बार मुझे बाबूजी ने देखा था।

डॉ. गजानन चह्वाण (सेवानिवृत्त विश्वविद्यालय प्रोफेसर, पुणे विद्यापीठ) ने अपने शोध प्रबंध 'श्री रामवृक्ष बेनीपुरी और उनका साहित्य' में 'कैदी की पत्नी' के लिए लिखा है, ''ऐसा लगता है, कैदी की पत्नी वस्तुत: बेनीपुरी की पत्नी है और इस उपन्यास का कैदी स्वयं लेखक ही है। पढ़ाई अधूरी छोड़कर स्वतंत्रता आंदोलन में भाग लेना, षड्यंत्र का अभियोग, पति के छुटकारे के लिए पत्नी द्वारा गहने देना, जेल में पति से भेंट न होना इत्यादि बातें बेनीपुरी और उनकी पत्नी रानी ने खुद भोगी थीं। अत: हम यह कह सकते हैं कि 'कैदी की पत्नी' केवल जीवनदर्शी साहित्य ही नहीं, एक अर्थ में तो वह लेखक और उनकी पत्नी का जीवन-चरित ही है, जो उपन्यास कला का आवरण पाकर हमारे सामने कलात्मक ढंग से उपस्थित हुआ है। यह भी स्मरण रखना होगा कि इसके पात्रों का अपना अनुभूत सत्य तत्कालीन भारत का व्यापक सत्य है, जो छनकर उपन्यास के पात्रों के माध्यम से व्यक्त हुआ है। अत: यदि इस उपन्यास के पात्रों में भारत की आत्मा बोलती हो तो कोई अत्युक्ति नहीं है।''

पूज्य भैया जितेंद्र कुमार बेनीपुरी तो अस्वस्थ चल रहे हैं, परंतु भाभी ऊषारानी बेनीपुरी ने मुझे प्रकाशित कराने की जिम्मेदारी दी, इसलिए मैं आभारी हूँ। मेरा विश्वास और मेरी प्रतिबद्धता है कि अगले दो-तीन वर्षों में बाबूजी की सभी कृतियों का पुन: प्रकाशन संपन्न हो जाएगा, बस आपके आशीर्वाद और शुभकामनाओं की आवश्यकता है!

—महेंद्र कुमार बेनीपुरी

क्यों?

राजनीतिक पुरुषों के गले में जयमाला पड़ती है, उनका जय-जयकार होता है। इस रूप में उनकी जेल-यात्रा या त्याग-तपस्या की क्षतिपूर्ति होती जाती है।

किंतु उनकी पत्नियों की क्या दशा होती है, उन्हें किन तकलीफ़ों और परेशानियों में जिंदगी गुजारनी होती है—क्या इस ओर कभी ध्यान दिया गया है?

शरीर के कष्ट तो सह भी लिये जाते हैं, किंतु मानसिक चिंताएँ और वेदनाएँ—बिच्छू के डंक भी क्या खाकर मुकाबला करेंगे उनका!

'कैदी की पत्नी' में मैंने उन्हीं वेदनाओं को साकार करने की चेष्टा की है। और स्पष्ट कहूँ, उसमें सफल नहीं हो सका हूँ, क्योंकि कष्टों का द्रष्टा मात्र ही तो रहा हूँ।

तो भी, इसे लिखकर मुझे संतोष हुआ था कि मैंने देश की हजार-हजार ऐसी पत्नियों के आँसुओं की उज्ज्वलता से अपनी लेखनी की स्याही को विमल-धवल करने का एक तुच्छ प्रयास तो कर दिया।

इसकी रचना आज से बारह वर्ष पहले हुई; इसकी सारी पृष्ठभूमि उसी समय की है।

1-11-53

—श्रीरामवृक्ष
बेनीपुरी

अनुक्रम

(क) स्वतिश्री

हड़हड़ करती गाड़ी स्टेशन पर आ लगी।

कुलियों की दौड़-धूप, यात्रियों के रेल-पेल, फेरीवालों के शोरगुल के बीच ड्योढ़े दरजे के डब्बे से एक नौजवान गांधी-टोपी पहने उतरा और उसके बाद एक लड़का और एक बच्चा और अंत में गोद में बच्ची लिये एक स्त्री उतरी। स्त्री खादी की सफेद साड़ी पहने थी, जिसकी किनारी गहरे नीले रंग की, और बदन में खादी की ही हलके रंग की छींट की चोली। पैरों में चप्पल। गोरे चेहरे पर बाल की जो कई लटें बिखर पड़ी थीं, उनमें कुछ धूप-छाँह के रंग। कुछ ऐसी रेखाएँ भवों के ऊपर, जो मानसिक चिंता का निश्चित संकेत करतीं। गोद में जो बच्ची है, वह कोलाहल से त्रस्त माँ का मुँह देख रही है। बच्ची का एक हाथ माँ की छाती पर, एक ठुड्डी पर। बच्चा, जो पाँच-छह वर्ष का होगा, भीड़-भाड़ देख, नौजवान के पास से दौड़कर स्त्री के पास चला आया और उसकी उँगली पकड़कर उसके पैरों से चिपक सा गया। बड़े लड़के की उम्र ग्यारह-बारह वर्ष से ज्यादा की क्या होगी, किंतु वह काफी होशियार और दुनियादार मालूम होता था। कभी वह सामान गिनता और कुलियों पर हुकूमत करता, तो कभी 'काकाजी, टिकट निकालकर रिटर्न की अधकटी रख लीजिए' का तकाजा नौजवान से करता और बच्चे के नजदीक पहुँचकर 'बबुआ, माँ की उँगली पकड़े रहना' का आदेश

करता। स्त्री उसके मुँह की ओर देखकर गर्व अनुभव करती। नौजवान का चेहरा बताता, उसने जिंदगी देहातों में गुजारी है, लेकिन वह शहर के तौर-तरीके से भी अपरिचित नहीं है।

"कैसा शहर है यह, न एक फिटन, न एक घोड़ागाड़ी-टमटम पर कहीं भलेमानस जाते हैं।" नौजवान झल्लाता हुआ स्टेशन के बाहर खड़ा है और दोनों कुली "न हो, तो टैक्सी कर लीजिए बाबू" कहकर अपने भारी बोझ की परेशानी और जल्दीबाजी की सूचना दे रहे हैं। उसी समय छोटा बच्चा स्त्री की उँगली छोड़ नौजवान के निकट पहुँचा और बोला, "काका, बाबूजी आज मिलेंगे न?"

"बाबूजी की तुम्हें बड़ी फिक्र···अगर बाबूजी को भी तुम्हारे ऐसी फिक्र होती तब न?" स्त्री ने बच्चे की ओर मुखातिब होकर कहा। बच्चा फिर स्त्री की उँगली पकड़कर बोला, "क्या बाबूजी नहीं मिलेंगे, मैया?" उसकी आँखों में करुणा थी!

"मिलेंगे, मिलेंगे, बाबूजी हमसे जरूर मिलेंगे बबुआ," कहकर बड़े लड़के ने उसे गोद में उठा लिया।

कई मुँह से बाबूजी-बाबूजी की आवाज सुन गोद की बच्ची किलक पड़ी—"बाबूजी!"

"हाँ, कसर तुम्हारी ही थी", कहकर स्त्री उत्कंठित आँखों से बच्ची के मुँह की ओर देखने लगी। उसकी आँखों में गंगा-जमुना उमड़ आई। नौजवान ने कुलियों से कहा, सामान टैक्सी पर रखो और खुद स्त्री के निकट जाकर बोला, "स्टेशन पर यों नहीं किया जाता भौजी! यह भैया की शान के खिलाफ है कि लोग आपके आँसू देखें!"

स्त्री के मुँह से शब्द नहीं निकले। कुली जिस ओर सामान लिये जा रहे थे, वह चुपके, धीरे से उस ओर बढ़ी। नौजवान ने आगे बढ़कर टैक्सी का दरवाजा खोल दिया। सब बैठे; भों-भों की आवाज देकर टैक्सी बढ़ी, कितने अरमानों को ढोती!

□

दूसरा दिन। वही स्टेशन, वही पूरा झुंड, वही स्त्री, वही नौजवान, वही लड़का, वही बच्चा, वही बच्ची। किंतु किसी के मुँह से कोई शब्द नहीं। सबके चेहरे उतरे। कुलियों ने ड्योढ़े दरजे में सामान रखे। लड़के ने मन-ही-मन उनकी गिनती की। नौजवान ने चुपचाप कुलियों के हाथ में पैसे रख दिए। छोटा बच्चा भी चुप। मानो शब्दों से घृणा हो गई हो या ये शब्द से डरते हों। किंतु यह छोटी बच्ची! वह क्या जाने डर क्या चीज है? घृणा का इसे अहसास कहाँ?… गाड़ी चली, सीटी चीख उठी, स्टेशन का हो-हल्ला दूर हुआ, वह स्त्री की ठुड्डी पकड़कर बोल उठी—"बाबूजी!"

कल से ही इतनी बार वह अपने दो भाइयों के मुँह से, 'बाबूजी, बाबूजी' सुन चुकी थी कि उसकी जिह्वा पर यह शब्द चढ़ चुका था। वह उसे दुहरा-मात्र रही थी। उसे क्या मालूम, उसका यह शब्द उसकी माँ के लिए क्या काम कर रहा था? नौजवान दुखी था, भैया से भेंट नहीं हो सकी, किंतु वह जानता था, उसके भैया शान के आदमी हैं; कैद हुए तो क्या? राजबंदी की प्रतिष्ठा के लिए वह सबकुछ कर सकते हैं। यह भी कोई बात है कि पत्नी से मुलाकात होते वक्त भी बगल में सी.आई.डी. बैठे। ऐसा नियम बनानेवाले पर तुफ और धिक्कार है उन्हें, जो ऐसा नियम मानते हों। भैया कैसे मानते भला इसे? भेंट न हुई, न हो। बड़े लड़के का चेहरा भी उतरा था, लेकिन अपने तेजस्वी पिता के स्वभाव से वह भी अपरिचित न था—'टूट तो सकते हैं हम, लेकिन लचक सकते नहीं' का नमूना! छोटा बच्चा भी गमगीन था, किंतु सिर्फ अपने गम से नहीं। सबकी गमगीनी की परछाईं उसके भावना-प्रवण हृदय पर पड़ी थी; किंतु वह स्त्री!

उफ, कितने अरमान लेकर आई थी! कितने दिन हो गए, आज उन्हें देखूँगी, उनसे दो-दो बातें करूँगी। उन्हें उलाहना क्या दूँगी, बिना

मुँह खोले ही वे सब बातें जान जाएँगे। ये बच्चे उन्हें देखेंगे, खुश होंगे! वे भी बच्चों को देखकर क्या कम खुश होंगे? बच्चों से उनको कितना स्नेह है! किंतु हाय, भेंट नहीं हो सकी! क्यों न हो सकी, इसके फेर में पड़ने की उसे सुध कहाँ थी? उफ ये बच्चे कैसे उदास लौट रहे हैं? अपना दुख वह भूल भी जाती, पी भी जाती, इसकी वह आदी हो चली थी; लेकिन इन बच्चों के मुँह देख-देखकर उसकी छाती फटी जा रही है! और इतने में बच्ची का यह 'बाबूजी!' उससे सामने देखा नहीं गया, जहाँ सामने के बेंच पर कई सभ्य सहयात्री बैठे थे। वह मुँह मोड़कर खिड़की से बाहर देखने लगी। उसकी आँखों से अजस्र अश्रुधारा बही चली जा रही है और इन आँसुओं के बीच उसकी पूरी जिंदगी आज तसवीरें बन-बनकर सिनेमा की चित्रावली की तरह एक-एक कर आ-जा रही हैं!

□

1. गुड़िया

कभी इस गोद की बच्ची की तरह वह भी बच्ची रही होगी, लेकिन इन आँसुओं के हुजूम में उसे अपनी वह सूरत याद नहीं आ रही। हाँ, वह आज स्पष्ट देख रही है, वह एक छोटी सी लड़की के रूप में अपने नैहर के आँगन में घूम रही है। उसका नैहर; वह छोटा सा गाँव, जिसे दो ओर से एक पतली नदी गाढ़ालिंगन सी करती, कलकल-छलछल स्वर में बही जा रही और दो ओर आम की सघन अमराइयाँ और बाँस की झुरमुटें जिसे घेरे खड़ी थीं। कभी इस नदी में वह नहाती, चुभकती, फुरेरियाँ लेती; कभी इन अमराइयों की छाया में टिकोरे चुनती, आँखमिचौनी खेलती। बाँसों की फुनगियाँ जब थोड़ी हवा में भी मस्ती से सिर हिलाने लगतीं, वह किन विस्मय-विमुग्ध दृष्टियों से उन्हें देखती!

और, उसका वह आँगन। मिट्टी की दीवार के छोटे-छोटे घर, खपरैल से छाए। घर से लगे ओसारे, जिनमें लकड़ी के खंभे लगे। इन खंभों से लगाकर जब मथानी से दही मथा जाता, वह किस तरह दौड़कर कूड़े के निकट पहुँचती और दादी के हा-हा˙˙करते रहने पर भी उसमें हाथ लगा ही देती! ओसारे के नीचे वह फैला हुआ आँगन, जो गोबर से लगातार लीपे जाने के कारण गर्द-गुबार से रहित, चिकना, ढुर-ढुर। इस आँगन में वह कितने खेल रचाती? उससे बड़ी एक बहन थी, उससे छोटा एक भाई था। भाई-बहन के बीच में अपने को करके

कभी वह चिल्ला उठती, "किनारे-किनारे ताड़, बीच में सरदार!" बड़ी बहन खीझ उठती, मारने दौड़ती। वह दौड़कर दादी की गोद में जा छिपती। दादी! दादी कितना मानती उसे! उनकी गोद वह किला था, जिसके अंदर पहुँचते ही वह अपने को सब प्रकार सुरक्षित समझती। वहाँ पहुँचकर वह बहन को चिढ़ाने लगती! बहन झल्लाकर चली जाती और रूठकर एक ओर बैठ जाती। तब वह दबे पाँव बढ़ती और अचानक जाकर बहन के गले से लिपट जाती! बहन तो इसकी प्रतीक्षा में ही रहती। सब मामला तय और नया खेल प्रारंभ!

गुड़िए बनाती, उन्हें रंग-बिरंगे कपड़ों से सजाती, फिर उनके ब्याह रचाती। गीत गाती, कोहबर पुजाती। कभी बाहर से गर्द लाकर आँगन में घर उठाती, 'नया घर उठे, पुराना घर ढहे!' यह घर मेरा, यह घर बबुआ का, यह घर बहन का। दादी, माँ, काकी सब बड़े दालान में ही रहेंगे। "और बाबूजी; उन्हें कहाँ रखोगी पगली?" बहन पूछती। घर से अलग एक बैठका बन जाता। इतने में भाई के मन में न जाने क्या भाव उठता? वह लात से पूरी इमारत को चूर-चार कर देता। बहन हँस पड़ती, वह झल्लाती, फिर, गुस्सा शांत कर पानी लाती और धूल को सानकर गीली मिट्‌टी बनाती। यह गूँथा गया आटा; ये पक रही हैं पूड़ियाँ। यह पूड़ी बाबूजी के लिए, यह पूड़ी दादी के लिए, यह पूड़ी बहन के लिए, यह पूड़ी बबुआ के लिए। यों ही घर के हर आदमी के लिए पूड़ियाँ बन जातीं। लेकिन सिर्फ पूड़ियाँ कैसे खाई जाएँगी? बची धूल में काफी पानी मिलाकर खीर बनी और घर से लगी बारी से कुछ सेम की फलियाँ लाकर उसकी तरकारी भी बन गई! खा बबुआ, खा बहन! और अपना मुँह भी चला रहा है, जीभ से चुभर-चुभर की आवाज! सब खाने का स्वाँग कर रहे।

खाना खतम भी नहीं हुआ कि बाबूजी आ पहुँचे। बाबूजी को देखते ही वह घर में भागी। वह बाबूजी से बहुत डरती, क्यों डरती?

और बाबूजी उसे बहन और भाई से भी ज्यादा मानते हैं, उस उम्र में भी वह जानती थी। वह उनसे भागती, वह उसे नजदीक लाने की तरकीबें करते। कभी खिलौने लाते, कभी मिठाइयाँ लाते। भाई और बहन के हिस्से तो दादी के हाथ भी मिल जाते, लेकिन अपना हिस्सा पाने के लिए उसे उनके निकट पहुँचना ही पड़ता। ये खिलौने कितने सुंदर हैं! क्या वह उनसे वंचित रहे? उसका बाल-हृदय अकुला उठता। वह सहमती, डरती उस ओर धीरे-धीरे बढ़ती। धीरे-धीरे बढ़, नजदीक जा, एक ही झपट्टे में वह खिलौने लेकर भागना चाहती कि बाबूजी की विशाल बाँहें उसे लपेट लेतीं। "अरी, तू डरती है क्यों मुझसे?" वह उसे उठा लेते और ओसारे के छप्पर से भी ऊँचा करके कहते, "डरती है, तो ले, मैं पटक देता हूँ।" वह उस ऊँचाई से नीचे की ओर देखते ही भयभीत होकर दादी-दादी चिल्लाने लगती। दादी दौड़कर आतीं, बेटे के हाथ से पोती को छीन लेतीं; फिर चूमतीं, दुलरातीं, हलरातीं!

दादी कितना प्यार करतीं उसे? जब से उसे होश हुआ, वह दादी की ही गोद में सोई। पीछे उसे मालूम हुआ, इन तीन भाई-बहनों का पहले ही बँटवारा हो चुका था। बहन काकी के हिस्से पड़ी थी, बबुआ माँ के हिस्से और वह दादी के हिस्से। लोग कहते, रंग को छोड़कर सूरत-शक्ल, चाल-ढाल उसका सबकुछ दादी पर ही पड़ा था। क्या दादी उसके बहाने अपने को प्यार करती? अपने को नहीं, अपने बचपन को!

धीरे-धीरे वह बढ़ी। उसका बचपन अब उस छोटे से आँगन में समाता नहीं था। लेकिन पर्दानशीन दादी का कंधा तो उसे आँगन से बाहर ले नहीं जा सकता। लाचार उसे बाबूजी का प्रेमाग्रह कबूल करना पड़ा। जिस दिन उनकी उँगली पकड़कर वह आँगन से, बैठक से, गाँव से बाहर निकली; उस दिन उसके नन्हे से दिल में कौन-कौन सी तरंगें न उठी थीं? ये आम के बगीचे, ये हरे-भरे खेत, यह नदी का कछार, यह कछार में उपजा सरपत का जंगल। दुनिया इतनी रंग-बिरंगी है; उसकी छोटी सी आँखें

इस शोभा-समूह को अपने में कहाँ तक स्थान दे सकें?

कुछ दिनों के बाद 'अपने' घर की तरह, उसे यह भी ज्ञात हो गया, यह 'अपना' बगीचा है, यह 'अपनी' बँसवारी है, यह 'अपने' खेत हैं, यह 'अपना' खलिहान है। इन सबमें उसे प्रिय था अपना बगीचा। कितने आम के पेड़! उसे गिनना कहाँ आता? कुछ लीचियाँ भी, कुछ कटहल और एक अमरूद। अमरूद बारहमासी। वह जब कभी रूठती या जिद करती, बाबूजी अमरूद से ही फुसलाते थे न उसे?

जिद, हाँ, एक चहेती बेटी की हैसियत से वह जिद भी कम नहीं करती। उसकी उस दिन की जिद! बैसाख का महीना था। लीचियों में ललाई आ गई थी। आम में कोंसे हो गए थे और सिंदूरिया पर रंग भी चढ़ने लगा था। वह बाबूजी के साथ प्राय: दिन भर बगीचे में ही रहती। उस दिन दोपहर को वह बगीचे में ही थी। बाबूजी लीचियों पर बैठनेवाले पंछियों को उड़ाने के लिए कमठा बना रहे थे; वह नदी की गीली मिट्टी से कमठे पर चलाने के लिए गोलियाँ गढ़ रही थी। उसी समय एक पंडुक दाने चुगता-चुगता उसके निकट आया। पंडुक को उसने प्राय: देखा था, लेकिन इतने निकट से नहीं। उसका धूसर रंग, उस धूसर पर काले-काले बुंदे। सुडौल गले पर बुंदे और भी सघन हो गए थे, जिनके बीच में एक पतली काली घेर, मानो उसने नीलम की हँसली पहन ली हो। उसकी पतली सुंदर चोंच और उस चोंच से ताबड़तोड़ दाना चुगना! वह उस पर मुग्ध हो गई और गीली मिट्टी छोड़ उसे पकड़ने दौड़ी। पहले एक-दो छोटी उड़ान ले पंडुक कुछ दूर पर बैठ जाता, पीछे लगातार पीछा किया जाता देख वह उड़ चला। पंडुक उड़ा और वह रोई। "क्यों, क्या हुआ, काहे रोती है?" बाबूजी ने पूछा। उसने कहा, "मैं पंडुक लूँगी।"

"पगली, कहीं उड़ंत पंडुक पकड़ा जाता है!" बाबूजी ने हँसकर कहा, जैसे हँसी में वह बात उड़ा देना चाहते हों। लेकिन बेटी इतने सस्ते

पिंड छोड़नेवाली थोड़े ही थी। वह जिद कर बैठी, पंडुक लूँगी और कितने बगीचों की छानबीन, कितनी डालों के चढ़ाव-उतार, कितने खोतों की खोज-ढूँढ़ के बाद उसी शाम को पंडुक के एक जोड़े बच्चे कमाची के ताजा बने पिंजरे में उसकी आँखों के सामने टँगकर रहे! जिस काठी का कमठा बन रहा था, उसी से पिंजरा तैयार हुआ! पंडुक के उन बच्चों को उसने किस तरह पाला। धीरे-धीरे उनके पंख निकले, वे पूरे पंडुके के रूप में आ गए। वैसी ही चोंचें, वैसी ही गरदनें, वे ही चितकबरे धूसर पंख, वैसी ही शानदार पूँछें। उनके सीने और पेट के हिस्से को हरे रंग में रँगकर उनकी शोभा और बढ़ा दी थी उसने। वे कुछ दिनों में गुट्र-गूँ भी करने लगे। दिन भर उनका पिंजड़ा उसकी आँखों के सामने और रात में पिंजड़े को सामने और टँगवाकर सोती।

एक दिन वह पिंजड़े को नीचे रखकर पंडुकों को दाना दे रही थी कि उसके बबुआ ने बुद्धिमानी की। पिंजड़े के दरवाजे की सींक खींच ली, दरवाजा खुल गया। वह दाना देने में इतनी मस्त थी कि उसका ध्यान भी उस ओर नहीं गया। ध्यान गया तब, जब एक पंडुक उस दरवाजे से सन्न से निकला और वह हा-हा⋯ करती रही कि वह आसमान में नौ-दो-ग्यारह हो गया। बदहवास सी वह दौड़कर आँगन में आई और जिस ओर वह उड़ा था, देखने लगी कि फिर सर्र से दूसरा पंडुक भी उड़ा और उसके पंख भी आसमान में फर्-फर् करने लगे! यों दोनों पंडुकी को एक बार ही खोकर वह कितनी दुखित, व्यथित, क्षुभित और चिंतित हुई थी। बबुआ को तो उठाकर पटकने ही जा रही थी कि दादी ने उसे पकड़ लिया। हाँ, गुस्से में उसने पिंजड़े को चूर-चूर कर दिया और दिन भर रोती रही।

उसकी पीड़ा तुरंत भर गई होती, लेकिन दूसरे ही दिन से देखती क्या है, वे दोनों पक्षी एक साथ शान से मैदान में दाने चुग रहे हैं। उनके सीने का हलका हरा रंग उनका हुलिया खोल देता था। वे ही तो हैं! क्या

मुझे चिढ़ाने आए हैं वे यहाँ? वह गुस्से में काँपती। बाबूजी समझाते। पीछे उसे पता लगा, ये पंछी अजीब होते हैं। एक मादा, एक नर—साथ ही जनमते, एक साथ जिंदगी बिताते और एक के वियोग में दूसरा प्राण तक···

□

प्राण तक! वह एक बार ही सिहर पड़ी! उसी समय उसने अपनी ठुड्डी पर कुछ गरम चीज का अनुभव किया। यह उसकी बच्ची का हाथ था। बच्ची को गौर से देखा, फिर किंचित् मुड़कर अपने दोनों बच्चों को देखा। एक गरम साँस के साथ उसने खिड़की की ओर मुँह मोड़ लिया।

उसकी आँखों से झर-झर पानी झरता जा रहा है। गाड़ी हड़हड़ कर बढ़ी जा रही है। सामने हरे-भरे खेत बसंत की मादकता में सराबोर हैं। लेकिन वह उन्हें क्या देख पाती है? आँसू की बाढ़ थमी नहीं कि जिंदगी की दूसरी तसवीर उसके सामने आ खड़ी हुई!

□

2. पंख फूटे!

और उसी बाबूजी ने उस दिन उसे डाँटकर कहा, "जा, भाग। देखती नहीं, कोई मेहमान आ रहे हैं इधर!"

वह देखती क्यों नहीं थी? सिर पर लाल पगड़ी दिए, देह में मिरजई पहने, हाथ में बाँस की मूठदार छड़ी लिये वह एक अपरिचित आदमी आ रहा है। लेकिन उसकी समझ में यह बात उस दिन नहीं आई कि वह खदेड़ी क्यों जा रही है? अगर उसे वह सज्जन देख लेंगे, तो क्या होगा? उनकी लाल छड़ी देखकर तो उसके मन में उत्कंठा जगी थी—यह छड़ी लूँ, उसे घोड़ा बनाऊँ, सवारी करूँ, दौड़ूँ। उसकी चाँदी से मढ़ी टेढ़ी मूँठ तो ठीक घोड़े के सिर की तरह थी। उफ, कैसा अच्छा घोड़ा बनता उसका—मन-ही-मन ऐसा सोचती, पछताती, बाबूजी की बिगड़ैल रूख देखकर चुपचाप घर की ओर रवाना हुई और गुस्से में यहाँ तक ठान लिया कि अब बाबूजी के कहने पर भी बगीचा नहीं आएगी।

सोचती-बिसूरती घर पहुँची और दादी की गोद में जाकर बिलख-बिलखकर रोने लगी। "क्या बाबूजी ने मारा है?" दादी चकित होकर पूछने लगीं। वह बोलती क्या, रोती गई। दादी सांत्वना देने लगीं। लेकिन जैसे-जैसे सांत्वना देतीं, वैसे-ही-वैसे हिचकियाँ बढ़तीं। थोड़ी देर के बाद बाबूजी भी पहुँचे, उस आगत व्यक्ति को विदा कर। उन्होंने ठीक ही समझ लिया था, उनकी मानिनी बेटी ने उनकी बात मान तो ली है,

किंतु उसके दिल पर जो चोट लगी है उसे वह तुरंत भूल नहीं सकेगी। उन्हें देखते ही दादी ने फटकार लगाई, ''मेरी पोती को डाँटनेवाले होते हो तुम कौन? जाओ, मेरे आँगन से निकल जाओ! और देख मेरी दुलारी पोती, अब उसके साथ बगीचा मत जाना। नहीं जाएगी न?'' बार-बार पूछे जाने पर उसने ऊँ-ऊँ करती 'नहीं जाती' यह कह तो दिया, लेकिन मुँह से यह शब्द निकालकर कितनी चौंकी? क्या सचमुच अब बाबूजी के साथ वह बगीचा नहीं जाएगी?

इस डाँट के लिए बाबूजी को दंड भी देना पड़ा, कुछ मिठाइयाँ, कुछ खिलौने और एक जोड़ी बढ़िया चूड़ियाँ। लेकिन दादी ने उसे समझाया, उसने भी स्थिति समझी कि वह अब निरी बच्ची नहीं रह गई है। अब वह बड़ी होती जा रही है। अब उसे अपरिचितों से थोड़ी लाज करनी चाहिए। उनके सामने कभी नहीं होना चाहिए। अगर अचानक वे सामने आ जाएँ तो मुँह पर घूँघट करके झटपट भाग आना चाहिए। 'यों घूँघट!' दादी ने नई बचकानी साड़ी पहनाकर उसे घूँघट करना सिखलाया। सिखलाया कि गरदन से होकर जो आँचल आज तक अमूमन कंधे पर पड़ा होता, उसे किस तरह सिर पर रखकर एक तिकोन सा बनाता हुआ चेहरे पर ले आना चाहिए। सिखलाकर दादी ने कहा, ''अच्छा, दुलारी जरा घूँघट करके दिखला तो दे!'' दुलारी घूँघट कहाँ तक काढ़ती, गरदन से आँचल हटा उसे कमर में लपेटती भागी। दादी, मैया, काकी—सभी ठहाका मारकर हँसने लगीं।

लेकिन उम्र बीतने के साथ-साथ ये चीजें भी उसे सीखनी ही पड़ीं। बाबूजी के साथ छाया सी जो वह लगी फिरती, वह धीरे-धीरे कम होता गया। अब उसे नई-नई कारीगरी सिखलाई जाने लगी। कारीगरी के चक्कर में उसे ज्यादातर आँगन में ही रहना पड़ता। जिस सींक के संदूकचे में पहले सिर्फ गुड़िए और उनके साज-शृंगार रहते; उसमें सूई, धागा, तरह-तरह के रंगीन कपड़े, ऊन के लच्छे, बुनने की कमाचियाँ

और शानदार कैंची आदि चीजें ठसाठस भरी रहतीं। पहले उससे सूई में धागा देना मुश्किल होता। कई बार उसने कपड़ा सीने के बदले अपनी उँगली में सूई चुभो ली। कैंची से तो बहुत दिनों तक डरती रही; जब वह कैंची चलाती, उसे लगता, यह अपना मुँह खोलकर कपड़े के साथ उसे भी निगल जाएगी। लेकिन, धीरे-धीरे कैंची उसकी मरजी पर कम-वेश मुँह खोलती, बंद करती और सूई जादूगरनी सी कटे-छँटे वस्त्र-खंडों से सुंदर पहनावा तैयार कर देती। साधारण बखिए से लेकर वह कटाव का काम करने लगी, फिर बेलबूटे काढ़ने लगी। बुनने में तो उसने सबसे जल्द व्युत्पन्नता हासिल की। थोड़े ही अभ्यास के बाद कमाचियाँ और लच्छे लेते ही उसकी अंगुलियाँ नट की तरह कलाबाजियाँ दिखाने लगतीं। उसकी कारीगरी पर प्रशंसा के पुल बनने लगे। वह उस पुल पर झूमती, हिलकोरे लेती!

यही नहीं, रसोई बनाने की कला का प्रयोगात्मक ज्ञान भी उसे दिया जाने लगा। शुरू-शुरू में इसमें भी उसे दिक्कतों का सामना करना पड़ा। कई बार जिसकी पानी की बूँदें सूख नहीं पाई थीं, वैसी कड़ाह में तेल डालकर उसकी भयानक चट्-चट् से वह भयभीत हो चुकी थी। कई बार घी इतना जल उठा था कि उसमें तरकारी डालते ही आग भभक उठी, वह घबराकर भागी। कई बार कड़ाह या बटुलोही उतारते समय वह हाथ में छाले ले चुकी थी। ठीक परिमाण में नमक डालना तो खूब परेशान करता। कभी इतना अधिक नमक कि खाया नहीं जाए; कभी इतना कम कि पीछे से मिलाना पड़े। वह प्राय: नमक देना ही भूल जाती। लेकिन इन विघ्न-बाधाओं को भी वह पार पा गई और उस श्रावणीपूजा के दिन जब उसी की बनाई पूड़ियाँ, खीर, तरकारियाँ और बचके बाबूजी को खिलाए गए, तो उन्होंने तारीफ की ही झड़ी नहीं लगा दी, आगामी भैयादूज को उसके लिए बढ़िया साड़ी, खुद शहर जाकर खरीद लाए।

यों धीरे-धीरे उसका नाता आँगन से जुड़ रहा था और बाहर की दुनिया से टूटता जा रहा था। लेकिन न जाने क्या बात थी, आम में बौर आते उसकी तबीयत बावली सी बगीचे में जा रमती और मिठुआ, मालदह के बाद भी जब तक एक भी राढ़ी का फल लगा रहता, बगीचे में ही चक्कर देती रहती। बाबूजी एक प्रतिष्ठित व्यक्ति थे, गाँव-घर में ही नहीं, जर-जवार में भी उनकी इज्जत-प्रतिष्ठा थी, किंतु अपनी इस बेटी का मन तोड़ना उनके लिए मुश्किल था। जहाँ तक हो सके उसे निर्बंध विचरने देने में वह कसर नहीं लाते। वह बहुत दिनों तक बगीचे में आती-जाती रही। हाँ, वह भी अपनी स्थिति समझ इस तरह आती-जाती कि उनकी प्रतिष्ठा में जरा भी बट्टा नहीं लगे। चुपके-चुपके बगीचे जाती, वहाँ पेड़ों की आड़ में बैठती, बैठे-बैठे एक-एक बौर, एक-एक टिकोरे, एक-एक फल को देखती। कितने सुंदर लगते थे वे। जब घर लौटती, उसका आँचल फलों से भरा होता!

फलों से भरा आँचल, उमंगों से भरा हृदय। वह ज्यों-ज्यों बढ़ने लगी, उसके हृदय में उमंगों की घटा भी घनघोर होती चली। हृदय में उमंग, नसों में तरंग। उसे कभी-कभी ऐसा लगता, उसकी बाँहों के नीचे काँख के निकट से पंख से फूट रहे हैं। उसकी इच्छा होती, वह उड़े! वह कभी-कभी पंख फड़फड़ाने के धोखे में हाथों को ही हवा में तौलने लगती! अरे, उसे यह क्या होता जा रहा है?

क्या होता जा रहा है यह भी उससे छिपा नहीं रहा।

सावन का महीना था। बगीचे के बचे-खुचे आम तोड़कर घरों में रख दिए गए थे। घनघोर वर्षा हो रही थी। खेतों में धान की रोपनी की धूम थी। बाबूजी खाने भर को घर आते, दिन-दिन भर खेतों पर ही रहते। घर-घर में आर्द्रा मनाई जा रही थी। पूड़ियाँ पकतीं, कचरकूट होती। कभी इस घर, कभी उस घर। लगातार वर्षा के कारण आँगन में निकलना तक मुश्किल था। घर-घर में झूले पड़ गए थे। दिन-रात

हमजोलियाँ झूले पर धूम मचाए रहतीं। पेंगें लगतीं, गाने होते। हाहा-हीही से घर के छप्पर तक के उड़ने का अंदेशा होता।

वह भी कई दिनों से झूल रही थी। कुछ हमजोलियाँ, कुछ बहनें, कुछ भावजें। इस सावन ने तो काकी-मैया को भी अपने रंग में रँग डाला था। मैया घर के कामों में फँसी रहतीं, अतः वह कम झूल पातीं; काकी तो किशोरियों के कान काट रही थीं। उम्र, नाता और दूसरी पाबंदियों को भूलकर सब हिलमिलकर झूले जा रहे थे। एक दिन ऐसा संयोग कि झूले पर एक ओर वह थी, दूसरी ओर काकी। थोड़ी देर में सरगरमी आई। काकी कहतीं, ''बबुई, जोर लगाओ; क्या धीरे-धीरे पेंग दे रही है!'' लेकिन बबुई की तो अजीब हालत थी। वह ज्यों ही पेंग देती, झूले के दोनों रस्से उसके सीने से लग जाते और उनके लगते ही एक अजीब कनकनी, झिनझिनी सी बर जाती। अंग-अंग सिहर उठते, झनझना पड़ते, पेंगे शिथिल पड़ जातीं। काकी ने एक बार, दो बार टोका। वह शरमिंदा सी होकर, बहाना करके उस घर से निकल दूसरे घर में आई।

इधर दादी का आग्रह था, हमेशा चोली पहने रहो। लाचार वह समूचे शरीर को कसे रहती। यह मेरे सीने में क्या हुआ है? वह एकांत में जाकर देखना चाहती थी। उस घर में घुसी, चोली निकाली। चोली निकालना और काकी का ठहाका, जो चुपचाप उसके पीछे आकर देख रही थीं। वह चौंकी, काकी ठहाके के बीच ही बोल उठीं, ''यह क्या हो रहा है बबुई?'' शरम के मारे उससे सिर नीचा नहीं किया गया, उसने झटपट चोली पहन ली, ''काकी, आपको मेरी कसम, किसी से कहिएगा नहीं…।''

□

उसे ऐसा लगा, वह नैहर के उस घर में खड़ी है, चोली उतारे और काकी छिपकर झाँक रही और ठहाका दे रही हैं। वह आज भी चौंकी, पीछे

मुड़कर देखा। सामने की बेंच पर बैठे यात्री कुछ बातें करते और ठहाके लगा रहे थे। उसे तुरंत स्थिति का भान हुआ, किंतु उसी समय उसकी नजर सामने की बेंच पर बैठे अपने बड़े लड़के पर गई। आह, इस ठहाके के बीच भी, उसके हँसमुख लड़के का मुँह कैसा लटक रहा है!

फिर आँसुओं का प्रवाह। फिर खिड़की की तरफ मुँह। फिर वे ही तसवीरें… !

□

3. उड़नखटोला

वह जवान हो रही है, इस कल्पना ने उसे कितना चकित-विस्मित, मुग्ध-मग्न कर दिया था।

उसकी नजर, जो पहले बाह्यजगत पर दौड़ी फिरती थी अब अपने पर केंद्रित होती गई। वह अब आईना लेकर बहुत-बहुत देर तक अपना चेहरा देखा करती। मेरी ये आँखें कोये कितने लंबे, उजले; बीच की पुतलियाँ, कैसी गोल, कितनी काली। बड़ी-बड़ी आँखों को ढकने के लिए मानो बरौनियाँ भी लंबी-लंबी चाहिए। और ये भवें कितनी पतली, काजल की पतली रेखा सी। चौड़ा ललाट। उभरे गाल, जिन पर हँसने पर गड्ढे बन जाते। पतले लाल अधर, गोल चिबुक। चेहरे का गोरा-भभूका रंग, काले बालों की पृष्ठभूमि में दमक रहा। हाँ-हाँ, वह काफी खूबसूरत है।

जब वह बाहर निकलती, काफी चौकसी से। आँचल कितना बड़ा हो और कहाँ तक लटका रहे; इस रंग की साड़ी पर यह चोली अच्छी लगती है या नहीं; वह पैर कैसे उठाती है, चलते समय उसके हाथ कैसे हिलते हैं! उफ, वह खुदी में इतनी गर्क हो गई थी कि चलते समय अपनी छाया तक देखती! मेरी छाया, इसमें मैं कैसी लगती हूँ?

विचित्रता यह रही कि एक ओर जहाँ वह यों खुदी में, अपने आपमें गर्क रहती, वहाँ बाहर की चीजें उसे प्रभावित भी बहुत करतीं। जो दृश्य

या शब्द पहले उसके लिए सिर्फ दृश्य या शब्दमात्र थे, अब उनमें वह भिन्नता ही नहीं, अलग-अलग पैगाम भी सुनती और वे उसके मन में तरह-तरह की अजीबोगरीब भावनाएँ सृष्टि करते। कोयल की बोली पहले भी मीठी थी। किंतु अब जब भोर-भोर वह कोयल की बोली सुनती, उसे नींद नहीं आती, मालूम होता—कानों के रास्ते एक अजीब सनसनी उसके अंदर घुसकर नस-नस में एक नाव सी खे रही है। श्यामल घटाएँ पहले सिर्फ वर्षा की सूचना देती थीं, अब वे घटाएँ आसमान से उतरकर उसके हृदयाकाश में छा जातीं और रस की अजस्र बूँदें बरसा देतीं। अब बिजली सिर्फ आसमान में ही चमककर एक क्षण में गुम नहीं हो जाती, थोड़ी देर के लिए उसका समूचा शरीर जैसे बिजली से छू जाता। वसंत पहले भी फूलों का जामा पहने आता था, शरद पहले भी चाँदनी में मुसकराता था। लेकिन वसंत के वे फूल अब सिर्फ नेत्ररंजक रंगों का झलमल मेला मात्र न थे और न शरद की चाँदनी शीतल ज्योत्सना की झकझक आरसी मात्र। अब वे आँखों के देखने के उपादान मात्र नहीं रहकर, हृदय की अनुभूतियों की आँखमिचौनी के साधन बन चुके थे!

छोटी सी चीज यह आम का बौर। बचपन से ही वह बगीचे की संगिनी रही है। न जाने कितने मधुमास में वह आम में मंजरी आना देखती आई है। न सिर्फ हर फुनगी पर उनका निकलना, लटकना उसने देखा है, डाल छेद-छेदकर भी मंजरी को निकलते उसने निहारा है। जब मंजरी को देखती, खुश होती! खूब फल लगेंगे इस साल, खूब खाऊँगी, खिलाऊँगी। जब कभी लगातार पुरवा हवा के कारण बौर में 'मधुआ' लग जाता; वे नुकसान हो जाते या फागुन की वर्षा में बिजली का एक बार चमक उठना भी उन्हें झुलसा देता, निष्फल बना देता। वह उदास हो जाती, आह! मंजरियाँ बरबाद गईं, इस साल अब आम नहीं मिलेंगे। लेकिन इन्हीं मंजरियों को उस साल देखकर वह किस तरह चौंक उठी! इन मंजरियों में उसने आम की सार्थकता ही नहीं, अपनी तादात्मता भी पाई और जब

उनकी झुरमुट में बैठकर कोयल कूकी और उनके ऊपर मँडराकर भौरों ने गुनगुनाना शुरू किया, उसने बगीचा जाना छोड़ दिया।

उसे एक और विचित्र अनुभव हुआ। अब उसे ऐसा लगता, जब कहीं वह बाहर-भीतर जाती-आती है, लोग उसकी ओर घूर-घूरकर ताकते हैं। दादी, काकी, सब एक विचित्र नजर से उसकी ओर देखते हैं। उसकी सखी-सहेलियों की नजरें भी उसकी ओर कुछ और ही रूख अख्तियार कर बैठी हैं। खैर, ये तो स्त्रियाँ ठहरीं, वे घूर-घूरकर देखें, तो सिवा थोड़ी झुँझलाहट अनुभव करने के वह उसे सानंद बरदाश्त कर सकती थी। लेकिन मर्दों की नजरों में एक ही बार दो विरोधी रूख देखकर वह घबरा जाती। एक ओर ये बाबूजी और कुछ गुरुजन, जिन्होंने उसे गोद में खेलाया था, जो उसे देखते ही पकड़ लेते, तरह-तरह से गुदगुदाते, हँसाते थे। अरे, जिन्होंने कितनी ही बार उसे नहलाया है, कपड़े पहनाए हैं; वही बाबूजी और वे ही गुरुजन अब उसे देखते ही सिर नीचा कर लेते! उसकी ओर आँख उठाकर देखते भी नहीं! क्यों? किंतु यह 'क्यों' उसे इतना चिंतित न करता जितना कुछ दूसरों लोगों का उसकी ओर अजीब वहशियाना नजर से देखना! खासकर अपरिचितों से तो वह तंग थी। उस साल वह मेले के दिन शिवजी पर जल चढ़ाने गई थी। उफ, लोगों ने खासकर नौजवानों ने उसकी ओर कैसे देखना शुरू किया, जैसे वे उसे जिंदा निगल जाने के दाँव खोज रहे हों।

इसी चित्र-विचित्र अनुभवों और अनुभूतियों के बीच एक दिन उसने दादी और बाबूजी को एक विचित्र चर्चा करते सुना। दादी कहती थीं, दुलारी की शादी कर दो। इस साल लगन भी अच्छी है, फसल अच्छी आई है, जवान बेटी जितनी जल्द घर से जाए उतना ही अच्छा। इधर बाबूजी कहते, तीसरे ही साल तो बड़ी लड़की की शादी की, कुछ हाथ-हथफेर अभी चुकाने को रह ही गए हैं; एक साल और ठहरो, अभी तो बच्ची है, क्या हड़बड़ी लगी है? लेकिन दादी के निकट बाबूजी की क्या

बिसात? एक दिन उसने देखा, पुरोहितजी सिर पर पग्गड़ दिए, त्रिपुंड किए, नंगे बदन पर मोटी जनेऊ लटकाए, कंधे पर चादर रखे, जिसकी खूँट में पत्रा बँधा था, उसके आँगन में आ धमके और दादी के कानों में कुछ फुस-फुस बातें कर रवाना हो गए। लोगों ने कहा, वर ढूँढ़ने गए हैं।

वर ढूँढ़ने! वर किसे कहते हैं, क्या वह नहीं जानती? जानती क्यों नहीं, बचपन से वह गुड़िए का ब्याह रचाती आई है। उसने कितने वर देखे हैं, कितने ब्याह देखे हैं। तीसरे साल अपने ही आँगन में बहन की भाँवरें पड़ती देख चुकी है। ब्याह उसे कितना मजेदार लगता रहा है! नई साड़ियाँ पहनने को मिलें, नए-नए गहने अंगों को जगमगाएँ। सब लोग गाने गाएँ। हँसी के फव्वारे छूटें। भोज हो, कचरकूट मचे। अहा, ब्याह कितना अच्छा उत्सव!

लेकिन उस दिन जब उसने सुना, उसके लिए वर ढूँढ़ने पुरोहितजी जा रहे हैं, तो न जाने क्यों वह अजीब उलझन में पड़ गई, विषण्ण बन गई। वर ढूँढ़ने! वर! वर क्या? एक ऐसा पुरुष, जिसके साथ उसे जिंदगी गुजार देनी है।

पुरुष! पुरुष की कल्पना से उस दिन सचमुच, वह काँप उठी। अब तक वह स्त्रियों के बीच ही रही। बचपन के कुछ दिन उसने बाबूजी के साथ जरूर गुजारे हैं। लेकिन अब तक की उसकी सारी रातें तो स्त्रियों, खासकर दादी के साथ ही कटीं। पुरुष उसकी जिंदगी में प्रवेश करेगा, जो सारी रात, सारे दिन उससे तलब करेगा। हाँ, सारी रात, सारे दिन! उसने यही सुन रखा है, उसने ऐसा ही देखा भी है। उफ, सारी रात, सारे दिन एक पुरुष के हाथ दे देना; जिससे उसका आज तक का कोई संबंध नहीं रहा है, जिसके व्यक्तित्व से उसका कोई परिचय नहीं, उसी एक पुरुष के हाथ अपनी सारी रातें, सारे दिन दे देना!

लेकिन उसने देखा है, पुरुषों को पाकर उसकी सहेलियाँ बहुत प्रसन्न हुई हैं, उनमें से कुछ ने अपने उस जीवन की अंट-संट कथाएँ भी हँसती-

हुलसती उसे सुनाई हैं। अभी-अभी पड़ोस की वह भौजाई आकर हँसते-हँसते उसके गालों में हुदक्का देकर कह गई हैं, "बबुई, अब क्या है, बस कुछ दिन और; और गुलछर्रे उड़ाइए!"

वाह रे गुलछर्रे? 'जान न पहचान, बड़ी बी सलाम!' लेकिन जान-पहचान करनी ही होगी, बीवी बनकर सलामी लेनी ही होगी। तो अब उसके लिए वह तैयारी क्यों न करे?

अब पुरुष में एक नए किस्म की दिलचस्पी उसमें जगी। पहले कोई नौजवान उसकी ओर घूरता तो वह अकुला उठती, बेचैन हो जाती। उसकी इच्छा होती, कहीं दौड़कर अपने को वह छिपाती। कभी-कभी सोचती, सँड़सी हो तो उसकी आँखें निकाल लूँ। लेकिन अब उसके खयाल में आता, ऐसा ही कोई नौजवान तो मुझे दिन-रात घूरा करेगा और उस सहेली की कथा के अनुसार, गुदगुदाकर मुझे जगाएगा, थपथपाकर मुझे सुलाएगा। फलत: अब झल्ला उठने की जगह वह उसकी आँखों में कुछ पढ़ने की चेष्टा करती। यद्यपि यह चेष्टा बहुत क्षणिक होती, तुरंत संकोच उसकी आँखें झिपा देता, तथापि उस एक क्षण में ही देखती, नौजवानों की भाव-भंगिमा में अजीब परिवर्तन आ जाता। उनकी पलकें स्थिर हो जातीं, आँखों में चमक आ जातीं, होंठ कुछ हिल जाते। कभी-कभी उसने उनके ललाट पर पसीने की बूँदें भी देखीं! इस नए अनुभव ने उसमें कुतूहल पैदा किया और कुतूहल में वह रस अनुभव करने लगी!

एक दिन उसने सपना देखा, एक नौजवान के साथ वह मँड़वे पर बैठी है, उसके मुँह पर घूँघट है, लेकिन उस घूँघट से ही उसकी ओर वह देख रही है और उसकी आँखों में वैसी ही चमक है, उसके होंठ वैसे ही हिल रहे हैं, ललाट पर वैसी ही पसीने की बूँदें···

नहीं-नहीं, यह बुरी बात। वह भँसी जा रही है। यह क्या उलूल-जलूल कल्पना! अपने मन को दूसरी ओर मोड़ने के लिए उसने सिलाई-बुनाई में ज्यादा वक्त देना शुरू किया। रसोई-पानी में भी वह ज्यादा

दिलचस्पी लेने लगी। दादी ने उँगली पकड़-पकड़कर उसे रामायण और सुखसागर पढ़ना सिखाया था; उसके उपयोग का अर्थ उसे अब मालूम हुआ। उन्हें पढ़ती, गुनती। घर से प्राय: निकलती ही नहीं। रात में सोने के पहले दादी से तब तक कहानी कहलवाती जब तक उसको नींद नहीं आ जाती। दूसरे दिन वह फिर दादी से कहानी के लिए आग्रह करती, तो दादी कहतीं, बाज आई तुझे कहानी सुनाने से। मैं कहानी कहूँ और तू सो जाए! लेकिन बार-बार आग्रह करने पर दादी को कहानी कहनी ही पड़ती—

"एक थे राजा, उनकी सात थीं रानियाँ!"

"सात रानियाँ?"

"हाँ-हाँ, सात रानियाँ।"

"सात रानियाँ क्यों, दैया?"

"चुप, कहानी सुनेगी या बहस करेगी?"

"एक थे राजा, उनकी..."

"एक..."

□

उनकी आँखें झिपने सी लगीं। उसे ऐसा लगा, वह उस कहानी के उड़नखटोले पर उड़ती जा रही है—जमीन से दूर, आसमान से दूर। हवा में सर-सर, झर-झर करता उड़नखटोला उड़ा जा रहा है और उस पर बैठी वह कभी जमीन की किस्मत पर मुसकरा रही, कभी आसमान के सितारों में आँखमिचौनी कर रही। उड़ते-उड़ते जैसे एक धक्का सा लगा, उड़नखटोला अचानक खड़ा हो गया। आँखें खुलीं तो पाया, एक स्टेशन पर गाड़ी खड़ी हो रही है। कुछ यात्रियों के उतरने और बहुत के चढ़ने से थोड़ी हलचल। फिर वायुवेग से रेल भागी जा रही है और उसके सामने चित्र-पर-चित्र आ-जा रहे हैं...

□

4. कल्पना-पुरुष

कितनी जगहें ब्राह्मण और नाई गए। कुछ स्थानों में उसके बाबूजी भी गए। लेकिन अनुरूप वर नहीं मिला। जब-जब ब्राह्मण-नाई लौटते, दादी से अपना भ्रमण-वृत्तांत सुनाते। अमुक गाँव में हम गए, वर तो ठीक था गाँव के अमुक नौजवान की तरह, लेकिन घर अच्छा नहीं। कभी सुनाते, घर बहुत अच्छा था, लेकिन वर हमें तो पसंद नहीं आया, हूबहू गाँव के उस लड़के की तरह। किसी-न-किसी तरह ये वृत्तांत उसके कानों तक पहुँचते ही। ज्यों-ज्यों दिन टलते, उसे आनंद ही मालूम होता। भविष्य की अनिश्चितता पर वर्तमान के सुख-दुख हमेशा तरजीह पाते रहे हैं। फिर यहाँ दुख कहाँ था, सुख-ही-सुख। न कोई जिम्मेवारी, न कोई अभाव। आनंद फिर क्यों न हो?

लेकिन एक विशेषता का उसने अपने में अनुभव किया। जब-जब सुनती, अमुक नौजवान की तरह का वर उसके लिए देखा गया है, तब-तब उस नौजवान को गहरी नजर से देखने की उसमें उत्सुकता पैदा होती। वह उसे कभी आते-जाते देखती, तो अपने को छिपाकर दूर-दूर से उसे भली-भाँति देखने की कोशिश करती। वर की तलाश के दौरान कितने ही नौजवानों की तुलना उसके भावी पति से की गई और हर की ओर उसकी वही उत्सुकता जगी। वही उत्सुकता और उत्सुकता के फलस्वरूप निरीक्षण, पर्यवेक्षण और विश्लेषण भी। इन नौजवानों की

परस्पर तुलना भी वह करती। उसकी आँखें अच्छी हैं, उसकी छाती खूब चौड़ी है, वह खूब हँसमुख है, यों ही उनके एक-एक अंग की छानबीन वह करती। वह इसमें इस तरह गर्क रहती कि हमेशा पुरुष की कोई-न-कोई मूर्ति उसके सामने रहती। थोड़े दिनों के बाद उसने महसूस किया, पुरुषों के प्रति जो रस की अनुभूति उसके हृदय में जगी थी, वह मूर्तरूप धारण कर रही है। और उस दिन उसके आश्चर्य की सीमा नहीं रही, जब किसी का चेहरा, किसी का शरीर, किसी का स्वभाव, किसी का रहन-सहन लेकर उसने एक कल्पना-पुरुष की सृष्टि करती। यही नहीं, उसने इस कल्पना-पुरुष को अपना पति मान लिया!

एक कल्पना-पुरुष, वह उसका पति और वह स्वयं उसकी सौभाग्यशालिनी पत्नी! पत्नी; उसे पत्नी बनना होगा। पत्नी क्या? दूर क्यों जाना, यही बाबूजी के लिए जो उसकी मैया है। उसकी मैया, उफ कितनी जिम्मेदारियाँ उठा रखी हैं उन्होंने। दादी तो घर की मालकिन हैं और काकी जब से विधवा हुईं उन्हें घर से सिवा खाने-पीने या तीर्थ-व्रत करने का दूसरा कौन वास्ता? यथार्थतः उसकी माँ ही वह धुरी है, जिस पर उसके घर का चक्र चला करता है! क्या माँ की तरह ही उसे एक पूरी गृहस्थी का जिम्मा उठाना पड़ेगा? उफ, वह किस तरह इतना बड़ा बोझ बरदाश्त कर सकेगी? लेकिन क्या ऐसे सवाल की गुंजाइश भी है? साफ है, उसे यह बोझ उठाना ही पड़ेगा। तो क्यों नहीं वह अपने को उस योग्य बनाए?

आजतक वह घर-गृहस्थी में दिलचस्पी लेती आई, तभी तो वह अपनी बड़ी बहन से भी ज्यादा इस घर की प्यारी रही; लेकिन अब तो उस ओर वह अधिकाधिक ध्यान देती। माँ का व्यवहार दादी से, काकी से, घर की दासियों से, पशुओं के चरवाहों और खेत के हलवाहों से कैसा होता है; पड़ोसियों से वह किस तरह पेश आती; घर के सारे काम वह किस तरह सँभालती, उनकी एक-एक काररवाई को वह गौर से

देखती। गौर से देखती ही नहीं, उनके कामों में हिस्सा भी बँटाती! माँ कहती, दुलारी, तू तो अब चार दिनों की मेहमान है, क्यों इन प्रपंचों में पड़ती है? लेकिन दुलारी माने तो कैसे? पड़ोसिनें कहतीं, बेटी हो तो दुलारी सी, चलती-चलती भी माँ का हाथ बँटाने से नहीं चुकती; वह जिस घर में जाएगी नेहाल कर देगी!

यों वह अपने को भावी पत्नी बनाने की तैयारी में लगी रही और ब्राह्मण-नाई, पड़ोसी और बाबूजी वर की तलाश में लगे रहे, कि धीरे-धीरे लगन के दिन भी टल गए! माघ से होते-होते असाढ़ आया, और अब फिर अगले माघ में ही तो शादी हो सकती है! खैर, कुछ महीने और निश्चिंतता के मिल गए। उसने कैसी इत्मीनान की साँस ली?

लेकिन जिस तरह उसकी जिंदगी के चौदह वर्ष हँसते-खेलते बात-की-बात में बीत गए थे, उसी तरह ये छह महीने भी पलक लगते बीत गए! और एक दिन उसने ब्राह्मण-देवता को बड़े आनंद से यह घोषित करते सुना, बबुई के लिए एक योग्य वर मिल गया!

घर भर के आनंद का क्या कहना? दादी आनंद से गद्गद हो उठीं। माँ के पैर जमीन पर नहीं पड़ते। काकी तो फुदकने सी लगीं। बाबूजी के चेहरे पर प्रसन्नता की स्पष्ट झलक। छोटा भाई दौड़ा-दौड़ा गया और कई आँगनों में यह संवाद कह आया। घर-घर की बड़ी-बूढ़ी आतीं और वर-घर के बारे में विस्तृत रूप से खोद-खोदकर पूछतीं और चलते समय उस पर आशीर्वादों की वर्षा करती हुई जातीं। उस रात में उसके आँगन में औरतों का विचित्र ठट्ट जमा और उनके गाने से घर-आँगन ही नहीं, समूचा गाँव गनगना उठा। मानो उसकी शादी की सार्वजनिक घोषणा कर दी गई!

अब वह चंद दिनों की इस घर की मेहमान है, अतः जिंदगी-भर में जितना भी उसे प्यार दिया जा सकता था, उस पर इन चंद दिनों में ही उँडेलने की चेष्टा होती। अपने घर भर के लोगों का ही प्यार नहीं,

अड़ोस-पड़ोस का प्यार भी। आज इस घर का निमंत्रण, कल उसके घर का। तरह-तरह से उसका आगत-स्वागत होता, तरह-तरह के उसे खाने खिलाए जाते, तरह-तरह के उसे वस्त्राभूषण पहनाए जाते। जब कुटुंबियों को इसकी खबर लगी, वहाँ से भी उसके लिए तरह-तरह की सौगातें आने लगीं। एक अजीब तरह की विविधता और बहुरंजिता में उसके दिन-रात किस तरह कटने लगे, जिसे वह समझ नहीं पाती।

तिलक चढ़ने का दिन भी आ पहुँचा! उस दिन ब्राह्मण देवता नाई और कितने आदमियों को लेकर सदल-बल उसकी भावी ससुराल को चलने की तैयारी करने लगे। तरह-तरह के बरतन, कपड़े, सुपारी, पान, नारिकेल आँगन में सजाकर रखे गए। गाँव की स्त्रियों ने देखा, प्रशंसा की। फिर ये चीजें दरवाजे पर गईं, जहाँ गाँव के लोग जुटे थे; उन्होंने भी सराहा और तरह-तरह के मंगलोच्चार के साथ ब्राह्मण देवता के नेतृत्व में ये चीजें उसकी ससुराल को रवाना की गईं। उस दिन से उसे पीली साड़ी पहनाई गई, सिर के बाल खोल दिए गए, देह में रोज उबटन लगता, आँखों में काजल की रेखा दी जाती! एक दिन अपने बाबूजी द्वारा खरीदकर लाए गए उस बड़े आईने में उसने अपनी यह मुक्तकेशिनी, पीतवसनधारिणी, प्रसाधनपूर्णा, कज्जल-रंजिता वेश-भूषा देखी। देखकर वह खुद चौंक गई! अरे, वह ऐसी है! यह जवानी, यह खूबसूरती और यह सादगी! 'इस सादगी पे कौन न मर जाए, ए खुदा!'

इसी वेश में उसे रोज स्नान करके शिवजी पर जल, अक्षत, फूल, बेलपत्र आदि चढ़ाना पड़ता, दादी की यही आज्ञा थी। उसे कुछ शरम भी लगती, लेकिन वह आज्ञा टाली भी तो नहीं जा सकती थी। ब्याह-यज्ञ की सफल समाप्ति के लिए शिवजी को प्रसन्न करना जरूरी था। फिर 'पारवती-सम पति-प्रिय होंहू' के लिए भी तो पार्वती-पति की पूजा एक अनिवार्य आवश्यकता थी।

घर-बाहर का धूमधाम दिन-दिन बढ़ता जाता। उसकी काकी के

जिम्मे था, उसके साथ जानेवाली चीजों का सँजोना। वह दिन-रात उसी में व्यस्त रहतीं। इतनी साड़ियाँ, इतनी चोलियाँ, इतने तकिए के खोल, इतने आईने, इतनी कंघियाँ, छोटी-बड़ी एक-एक चीज की फेहरिस्त बनाकर वे उसकी पूर्ति में लगी रहतीं। जिन चीजों की कमी होती, उसके लिए बाबूजी से तकाजे-पर-तकाजे करतीं। कई दिन तो इसको लेकर कहासुनी भी हो गई। काफी की जिद थी, अमुक चीजें इतनी तायदाद में जाएँ ही और बाबूजी ने जरा चूँ-चरा की, कि काकी उलझीं। दादी तब बीच में पड़तीं और मामला सुलझता। माँ के जिम्मे लोगों के खिलाने-पिलाने की चीजों का भार था। वे तरह-तरह के अचार, मुरब्बे, तरकारियाँ, मिठाइयाँ आदि के जुगाड़ में लगी रहतीं। इन चीजों की तैयारी में गाँव की स्त्रियाँ उनका साथ देतीं। वे स्त्रियाँ काम करतीं और गाने गाती जातीं। आँगन में दिन-रात शोरगुल और गाने-बजाने की धूम रहती।

दादी के सिर पर तो जैसे सभी बोझ हो। वह घर-बाहर दोनों के सूत्रों की संचालिका थीं। कभी आँगन में आकर वह माँ और काकी को सलाह-मशविरे देतीं, तो कभी दरवाजे पर जाकर बाबूजी पर हुकूमत करतीं। हाँ, हुकूमत ही समझिए। बाबूजी तो उनके खरीदे हुए गुलाम की तरह थे, उन्हीं के इशारे पर सब काम-काज करते।

दरवाजे पर की भीड़-भाड़ का तो कुछ कहना ही नहीं। राज घरों की मरम्मत में लगे हैं, लोहार जलावन चीर रहे हैं, बढ़ई पलंग आदि बना रहे हैं। उनकी कढ़नी, कुल्हाड़ी और बसूले की आवाज आने-जानेवाले लोगों की बातचीत के शब्द से मिल-जुलकर अजीब कोलाहल की सृष्टि किए रहती।

और इन सब धूमधाम, शोरगुल, भीड़-भाड़ और कोलाहल को अपनी धौंस से दबाती और सब पर छाती हुई एक दिन बरात भी आ ही पहुँची! बरात, बरात! बाजा-गाजा, धूम-धड़क्का, हाथी, घोड़े, खड़खड़िया-पालकी!

बरात दरवाजे लगी और वह सकुची, सिमटी घर में, पलंग पर, मुँह ढाँप, लेट गई। मुँह-ढाँपे, सकुची, सिमटी! कहीं अपनी बरात कोई लड़की खुद देखती है! किंतु उसके कान सुन रहे थे बाजा-गाजा, धूम-धड़क्का, घोड़ों की हिनहिनाहट, हाथियों के चिग्घार! और उसके कल्पना के नेत्र, वे इस भीड़-भाड़ के बीच में खोज रहे हैं 'वे' कौन हैं? कहाँ हैं? कैसे हैं?

'वे' कौन हैं? कहाँ हैं? कैसे हैं?

हाय री, बिहार की बेटियों की तकदीर, जिनके साथ तुम्हें जीवन की सारी रातें, सारे दिन, कितने महीने, कितने साल गुजारने हैं; तुम्हें हक नहीं कि उन्हें झाँक भी सको, जब तक कि उनके हाथ तुम्हारा पूरा आत्मार्पण न हो जाए! तुम जूही की कली हो, चुपचाप बढ़ो, खिलो, सौरभ फैलाने के योग्य बनो; किंतु तुम किसके गले में डाली जाओगी, यह जानने की कामना भी क्यों करो? जिस माली ने तुम्हें बोया, सींचा, पल्लवित-पुष्पित किया, यह उसी का काम है, उसी का हक है कि वह तुम्हें जिस गले में डाल दे! चुप, बोलो मत कि वे कौन हैं, कैसे हैं?

किंतु उसे संतोष था, उसका माली ऐसा नहीं कि जिस-तिस के गले में उसे डाल दे। वह संस्कृत रुचि का है, दीन-दुनिया का पारखी है, अपनी बड़ी बहन की शादी में ही वह देख चुकी है!

पर उत्कंठा को वह क्या करे? जब बरात दरवाजा लगते ही उसकी बूढ़ी दाई दौड़ी-दौड़ी, उसे खोजती-ढूँढ़ती आई और उसे पलंग पर सकुची-सिमटी पड़ी देख, भहराकर उस पर गिर गई और उसके माथे पर हौले-हौले हाथ फेरती हुई बोली, "बबुई, तुम्हारा सुहाग अचल हो, तुम्हारे ही योग्य दुल्हा मालिक ढूँढ़ लाए हैं।" तब तो यह उत्कंठा और भी चरम सीमा तक पहुँच गई। दाई दौड़कर फिर बरात देखने चली गई; उसकी प्रबल इच्छा हुई, वह क्यों नहीं पिछले दरवाजे से जाकर जरा एक झाँकी देख आए? आँखें जुड़ा ले? उमड़ते हुए हृदय-सागर की

तरंगों को थपकियाँ देकर सुला दे? उफ, हृदय की ये तरंगें! उसने बहुत सी बाढ़ें देखी हैं, नावों को एक ही थपेड़े में डुबानेवाली तरंगें देखी हैं, किंतु इनके मुकाबले वे क्या थीं? ये तरंगें उसे सिर्फ डूबा नहीं रही हैं, उसे खुद तरंग बनाए जा रही हैं! समूचा संसार सागर-सागर है, वह तरंग सी उस पर नीची-ऊँची हो रही है!

मतवाली तरंग सी ही वह एकाएक उठ खड़ी हुई, आगे बढ़ी, घर की चौखट एक ही छलाँग में लाँघकर आँगन में पहुँची! आँगन सूना था। घर का बच्चा-बच्चा बरात देखने में लगा था। काकी, दीदी, बहन, भाई, पुरजन-परिजन, जिनकी इधर आँगन में भरमार रहती थी, कोई नहीं! किंतु इस शून्यता में न जाने कहाँ से औचक आकर कोई उसके पैरों में लिपट गया। दो-एक बार उसने पैर झटके। किंतु यह क्या? उसके पैर उठ नहीं रहे हैं! यह कौन है? क्या है? हट, मुझे आगे बढ़ने दे। मैं तरंग हूँ। तरंग से न खेल। डूब जाएगी! किंतु हाय री यह जंजीर, मर्यादा की जंजीर! दादी, काकी, माँ चौदह वर्षों तक जिसे घुट्टी पिलाकर पोसती रही, वही मर्यादा जंजीर बनकर उसके पैरों में पड़ी है, गड़ी है। वह जाए कहाँ? अब उसकी आँखों में ही तरंगों की लीला है। उसे कुछ सूझता ही नहीं। लौटकर वह धड़ाम से पलंग पर आ पड़ी।

जिस समय बाजे बज रहे थे, गाने गाए जा रहे थे, आनंद-ध्वनियाँ हो रही थीं, मंगलाचरण पढ़े जा रहे थे, उसी समय उसकी आँखों से गंगा-जमुना बह रही थी। क्यों, दुख से? 'नहीं, नहीं, ऐसा नहीं' उसका रोम-रोम चिल्ला उठता। यह दुख नहीं अतृप्त कामना थी, तृप्ति के पहले वह त्रिवेणी में डुबकियाँ लेकर अपने को पवित्र बना रही थी।

बरात जनवासे गई। उसका आँगन फिर कोलाहल का केंद्र बन गया। काकी उसे खोजती घर में पहुँचीं, "दुलारी, दुलारी बेटी, तेरे ऐसी कोई भाग्यवती नहीं। तेरे ही लायक दुलहा मिला है तुझे, बस राम-सीता की जोड़ी!"

□

राम-सीता की जोड़ी! हाँ, तभी तो यह वनवास, यह जंगल-जंगल दौड़ना सीता के भाग्य में तो यही बदा था न? किंतु त्रेता की सीता को संतोष था, वह अपने राम के साथ है, घर न सही, चित्रकूट ही सही। किंतु यहाँ? सीता अपने लव-कुश को लेकर अपनी कुटिया में राम के वनवास के दिन गिना करती है और राम कभी किष्किंधा, कभी लंका! आग लगे उस सोने की लंका में, जिसने मेरी फूस की कुटिया में आग लगाई है! उसने रूमाल से अपने आँसू पोंछे, एक बार अपने लव-कुश दोनों लड़कों को गहरी नजर से देखा, फिर अपने लंबे आँचल के नीचे सुप्तप्राय बच्ची के मुँह में स्तन लगाती हुई खिड़की के बाहर देखने लगी। बाहर अब सरसों के खेत-ही-खेत थे, फूलों से लदे। उसके वसंती रंग की पृष्ठभूमि में उसने रंगीन तसवीरों की सिरीज देखी···

□

5. अनजान देश

जिस मर्यादा ने जंजीर बनकर उसके पैर जकड़े थे, उसी ने फिर उसकी आँखों पर ताले जड़ दिए।

विवाह की लगन पहुँची। 'वे' बरात से बुलाए गए। घर की सभी स्त्रियाँ उनकी अगवानी में दरवाजे तक गईं, मधुर-मधुर शब्दों में गीत गातीं। गीत की ध्वनि में 'वे' आँगन की ओर बढ़े। वह ठीक सामने के घर में थी। आँगन में रोशनी जगमग कर रही थी। उसने सोचा, बस यही तो मौका है, भर-नजर देख लूँ! किंतु यह क्या? उसकी आँखें छिपने लगीं। वह आँखें सामने नहीं रख सकी। उसका सिर झुक गया, जैसे किसी अदृश्य यंत्र ने उसकी गरदन मोड़ दी हो। वह उस रंगीन शीतलपाटी पर आप-से-आप लेट गई, जिस पर वह बैठी थी।

मंडप की भाँवरें पड़ीं। वह सखियों द्वारा घर से लिवाई जाकर मंडप पर बिठलाई गई, बिलकुल चादर से ढकी। बिलकुल चादर से ढकी, किंतु उसने अनुभव किया, वह किसी की बगल में बैठी है! 'वे' उसके इतना निकट हैं! न जाने क्यों, माघ की उस आधी रात में भी वह पसीने-पसीने हो रही थी! हाँ, उसे आज भी अच्छी तरह याद है, उसकी चोली पानी-पानी हो चली थी। साया लथपथ हो गया था। माथे का पसीना पपनियों की राह गिर रहा था। वह रह-रहकर काँप सी जाती थी! आह! 'वे' उसके इतना निकट बैठे हैं!

और जब मंत्रोच्चार के बाद उसका हाथ 'उनके' हाथ में रखा गया। उसे कितना आश्चर्य हुआ, 'उनकी' हथेली की अजीब गरमी अनुभव करके। उसका समूचा शरीर उस गरमी से झनझना उठा।

नीचे उनकी हथेली, उस हथेली पर उसकी हथेली। वे उसे विधिवत् पकड़े हुए। ब्राह्मण मंत्र पढ़ रहे। सखियाँ गीत गा रहीं। वायुमंडल में संगीत, आनंद और उल्लास की तरंगें! और इधर 'हमारे' स्नायुमंडल में एक अजीब सनसनी, झिनझिनी! 'हमारे' हाँ, वह दावे के साथ कह सकती थी, 'उनका' शरीर भी अपने आपे में नहीं था। उनकी हथेली की यह गरमी और रह-रहकर उसका बार-बार हिल उठना, उसके सबूत थे। पीछे तो उनसे पूछा भी था और उन्होंने हँसते-हँसते अपनी 'कमजोरी' कबूल की थी।

इसके बाद सिंदूर-दान, उसके घने बालों की पाटियों के बीच उनकी उँगलियों का सुखद स्पर्श। सप्तपदी, उनके पैर से पैर मिलाकर चलने का प्रथम प्रयत्न। ध्रुवदर्शन, दोनों ध्रुव देख रहे थे। उसकी कैसी नादानी? उसने ध्रुव में 'उनके' चेहरे को देखना चाहा, जैसे ध्रुव कोई तारा न होकर, नजदीक रखा आईना हो।

लेकिन उसके रोम-रोम तो खिल उठे थे तब, जब उसके पीछे खड़े हो उसे पूरा आलिंगन में लेते हुए एक ही डलिया को दोनों पकड़े, वे लावा बिखेरने लगे। स्त्रियाँ गा रही थीं, वे बेहूदी गालियाँ! उसकी सखियाँ उन्हें हुदुक्का-पर-हुदुक्का दे रही थीं, हँस रही थीं, खिलखिला रही थीं। इसी धक्कमधुक्की में लावा आप-से-आप गिरता जा रहा था और उसका हृदय? उस लावे के समान ही उसका स्वच्छ, पवित्र उज्ज्वल हृदय मानो छोटे-छोटे टुकड़ों के रूप में उनके चरणों पर बलिहार होने को नीचे आ रहा था।

आलिंगन! जिंदगी में पहली बार वह पुरुष के आलिंगन में आई थी। उसके पीछे एक तरुण बलिष्ठ 'पुरुष' खड़ा है, उसे अपनी विशाल

भुजाओं में बाँधे हुए है। अब तुम कहाँ जाओगी, प्रियतमे! तुम मेरी हुईं। इतने स्वजन, परिजन, पुरजन के बीच तुम मेरी बाहुओं में आबद्ध हो, कोई लुका-छिपी नहीं, चोरा-चोरी नहीं, गुप-चुप, चुप-चुप नहीं! सरेआम, गाना गाकर सौंपी गई हो; सरेबाजार डंका बजाकर ग्रहण की गई हो! अब इन भुजाओं के बीच किलको, खिलो, फूलो, फलो, नारी-जीवन की यही सार्थकता है! नर की एकांगिता की यही पूर्ति है!

अहा! उस समय उसके हृदय में कौन-कौन सी भावनाएँ तरंगें ले रही थीं? उसके दिमाग में किन सुनहरे विचारों का ताना-बाना बुना जा रहा था? उसके पैर जमीन पर हैं, उसे इसका भान भी नहीं था। उसके सिर के ऊपर आसमान नाम की कोई चीज है, इसका ज्ञान भी नहीं था। वह कल्पना के रंगीन पंख लगाकर न जाने किस आनंद-लोक में उड़ रही थी। मस्ती के दिन दोनों बगल में बाँधे, चंचल मछली सी, वह किस उल्लास-सागर में तैर रही थी! वह नारी नहीं, तितली थी, हलकी-फुलकी; हवा के दरिया में अपनी नाव का झलमल, चकमक पाल उड़ाती, गाती-बजाती, किसी अनजान देश को जा रही, जहाँ हमेशा वसंत हो, पराग हो!

वसंत, फूल और पराग लिये, विवाह के तीन दिनों के संगीत, हास्य, विनोद के बाद वह ससुराल को चली, उस अनजान देश को! एक ओर उसे आनंद था वह 'उनके' साथ, 'उनके' घर जा रही है, जो घर अब उनका नहीं, उसका होगा। वह उस घर की मालकिन होगी, गृहिणी का पद उसे प्राप्त होगा। तो दूसरी ओर, जहाँ उसने जिंदगी के पंद्रह वसंत बिताए थे, उस घर, उस गाँव की चप्पा-चप्पा जमीन, एक-एक वस्तु, एक-एक व्यक्ति, जैसे ममता के हाथों से, उसे पकड़ रहे थे, रोक रहे थे; और इस रोकथाम में उसकी छाती जैसे फटी जा रही थी। दादी, माँ, काकी, बबुआ, बहन, सखियाँ इन्हीं का वियोग नहीं हो रहा है, यह नदी जिसमें वह चुभक-चुभककर नहाती थी, यह अमराई जहाँ

उसने कितने टिकोड़े बीने थे, यह मौलसिरी की झुरमुट, जिसके फूल के लिए वह तड़के उठकर आँखें मलती आती थी, ये हरे-भरे खेत जहाँ वह कुसुम का फूल चुनती, मटर की फलियाँ तोड़ती, सरसों में खड़ी होकर अपनी ऊँचाई नापती, ये सब-के-सब उससे छूट रहे हैं! उसकी छाती फटी जा रही थी; हृदय के टुकड़े आँखों की राह गिर रहे थे, हिचकियाँ बँध गई थीं, अरे, वह तो फूटकर रो पड़ी थी! कैसे न रो पड़े, जहाँ कुछ देर पहले हँसी के फव्वारे छूट रहे थे, वहीं अब सबके चेहरे उसके वियोग की कल्पना में उतरे थे, सबकी आँखों में आँसू थे! माँ तो उसके गले से लिपटकर रो उठी, मातृत्व दुनिया के बंधनों को कब मानता रहा है?

□

और उसके आँसू अच्छी तरह सूखने भी नहीं पाए थे कि वह फिर हँसी और चहल-पहल की दुनिया में आ पहुँची। अब वह ससुराल में थी। उसकी आँखें घूँघट और चादर के दोहरी जालों के भीतर थीं, किंतु उसके कान सुन रहे थे वहाँ के आनंदोच्छ्वास! गीत हो रहे थे, बच्चे-बच्चियाँ कोलाहल कर रहे थे। बड़ी-बूढ़ियाँ उन्हें डाँट-दबार रही थीं। आगे-आगे 'वे' थे, पीछे-पीछे 'वह' दोनों कोहबर-घर में लाए गए। गृह-देव का अर्चन-पूजन। वे बाहर गए। दुलहिन की मुँहदिखौनी शुरू हुई।

उसका सौभाग्य! लोगों को वह पसंद आई।

किंतु जिनकी पसंदगी पर उसकी जिंदगी-भर के सुख-दुख निर्भर हैं, क्या उन्होंने उसे देखा है? शायद! उस दिन जब वह नैहर में दुपहरिया को मंडप पर खड़ी थी, उसे लगा जैसे उनकी नजर उस पर पड़ी थी, उसकी एक शोख सखी ने उन्हें छल से उस ओर देखने को लाचार किया था, जो उस समय कोहबर-घर के दरवाजे के सामने, कुँवरकन्हैया की तरह गोपियों से घिरे बैठे थे! वह छलना का देखना, एक क्षण का!

सखी कहती थी, तुम्हें देखते ही उनकी नजर नीची हो गई! अरे, कैसे मर्द हैं वे, शरमाने में औरतों के भी कान काट लिये। ऐसा कहकर उसकी सखी बेतहाशा हँसी थी, वह मन-ही-मन उनके शील-संकोच पर बलिहार हो गई थी। लेकिन सखी की बातों का क्या ठिकाना?

दुलहन देखनेवालों और वालियों की भीड़ धीरे-धीरे छँटी। काफी रात बीत चुकी थी। 'वे' आए!

'वे' आए, उन्होंने देखा, उनकी जीत हुई।

एक शून्य पर। साक्षी रूप में सिर्फ एक दीपक, 'वे' और वह। वह एक पत्नी के रूप में। 'वे' एक पति के रूप में। उफ री, प्रथम मिलन की मधुर स्मृतियाँ!

ज्यों ही उनकी पद-ध्वनि मालूम हुई, उसकी छाती धक-धक करने लगी, साँस जोर-जोर से चलने लगी। वह क्या करे, क्या चुपचाप बैठी रहे या उठकर अगवानी करे या मुँह ढाँप सोने का बहाना करके पलंग पर पड़ जाए? माँ ने कहा था, अगवानी करना, पैर छूना, पान देना। उस विवाहिता सखी ने कहा था, ''जरा लेट रहना, दुलारी! देखना किस तरह तुम्हें जगाते हैं, खुशामदें करते हैं। वे जगाएँ, तुम ऊँ-ऊँ करके नींद के माते बच्चों की तरह इस करवट से उस करवट होना और सिमटकर सो जाया करना। बड़ा मजा होगा दुलारी, बड़ा मजा! ये पुरुष अपने गँव पर ये कौन सी खुशामदें नहीं करते? अरी, वे पैर पड़ेंगे। और अगर पहले दिन तुमने उन पर विजय प्राप्त की, फिर तो वे हमेशा के लिए तुम्हारे गुलाम बने रहेंगे। खबरदार, अपने को सस्ती मत बनाना।'' और माँ ने कहा था, ''बेटी, अभिमान मत किया करना, कोई ऐसा न काम करना कि 'उनकी' मर्यादा टूटती हो। तुम उनकी मर्यादा तोड़ोगी, तुम्हारी मर्यादा आप-से-आप टूटेगी।'' वह क्या करे? इनमें किसकी बात माने, किस पर चले? आह, वे तो इतने नजदीक आ गए!

इसी असमंजस में वे सचमुच आ पहुँचे। आ गए और वह सामने

खड़े हैं! माँ की सीख रह गई, सखी का सिखावन रह गया! एक तीसरी ही बात हुई। ज्योंही वह उठने का उपक्रम कर रही थी, उन्होंने आगे बढ़कर उसके हाथ पकड़ लिये, उसे खींचकर बगल में बिठा लिया और जैसे बहुत दिनों के परिचित हों पूछ बैठे, मजे में हो न?

बहुत दिनों के परिचित! पूर्व परिचित, चिर-परिचित! हाँ, ऐसा ही लगा था उसे। कैसे एक अपरिचित पुरुष के सामने खड़ी होऊँगी? उफ, लाज से गड़ जाऊँगी, गिर जाऊँगी! न जाने क्या हालत हो, न जाने मुँह से क्या निकले? कौन सी गुस्ताखी हो जाए, हजार-हजार चिंताएँ एक मिनट पहले तक उसे सता रही थीं। किंतु यह क्या? वे चिंताएँ कहाँ कर्पूर-वर्त्तिका सी आप-आप उड़ गईं। हाँ, कर्पूर के उड़ जाने पर भी जैसे उसकी सुगंध रह जाती है, उसी तरह संकोच और लज्जा के रूप में उनका अवशिष्टांग यहाँ छाया हुआ जरूर है! यही तो नारी का शृंगार है। यह तो चाहिए ही।

उन्होंने पान खिलाए, बातें पूछीं, हँसे और हँसाया। चुटकियों से संकोच दूर किया, गुदगुदियों से शरम भगाई। नारी और नर के बीच जो चिरकाल से एक कुहेलिका, प्रहेलिका रहती आई है, वह धीरे-धीरे दूरी दूर हुई। दूरी दूर हुई, एकात्मा आई। एक साँस की डोर में बँधे दोनों कब सो गए, कैसे सो गए, क्या इसकी सुध भी उसे रही? जब उसकी आँखें खुलीं, भोर हो गया था। दीपक की जोत मंद पड़ गई थी, एक भक-इँजोरी सी घर में छा रही थी। वे चलने का उपक्रम कर रहे थे। चलते-चलते उन्होंने एक बार उसका गाढ़ालिंगन किया और पलंग से नीचे होते-न-होते एक स्फीत चुंबन दे हँसी बिखेरते, देखते-देखते नौ-दो-ग्यारह हो गए!

□

गाढ़ालिंगन, स्फीत चुंबन! अभी-अभी इस रेल के डब्बे में भी वह अनुभव कर रही है, जैसे उसके शरीर में झिनझिना बह रही है। उसके गालों पर

किसी की गरम साँस है, उसके अधरों पर किसी के उत्तप्त अधर हैं। उसने आँखें बंदकर लीं, बाहर की दुनिया कहीं उसके इस कल्पना-महल को चूर-चूर न कर दे। किंतु क्या इस तरह अपने को ज्यादा छला जा सकता है? जिसके आलिंगन और चुंबन की वह कल्पना करके विभोर हुई जाती है; वह तो इस समय पत्थर की दीवारों के अंदर उन मोटी-मोटी आहती सींकचों के भीतर पड़े शायद 'उसी' की कल्पना में विभोर, लंबी उसाँसें ले रहे होंगे। हाँ, वे देशभक्त हैं, कट्टर सिद्धांतवादी हैं, किंतु वे मनुष्य हैं, हृदय रखते हैं, वैसा हृदय, जिसकी साक्षिणी वह स्वयं है! आह, उनकी मानसिक स्थिति कैसी होगी? आँसुओं का फिर नया हुजूम, हुजूम में फिर तसवीरों का ताँता! आह, वे दिन! आह, वे रातें!

□

6. वे

मध्यवित्त गृहस्थ का घर, परदे की जड़ता से जकड़ी वह, क्या दिन में उन्हें भर नजर देख भी सकती थी? हाँ, जब-जब उनकी बोली वह आँगन में सुन पाती थी। एक ही रात में, हाँ, एक ही रात में, बोली में भी कोई मिठास होती है, उसने अनुभव किया। जब वे आँगन में बोलते, उसके दिल की डाली पर कोई कोयल सा जैसे कूक जाता! कई बार वह किवाड़ के नजदीक चली जाती, जिससे वह उस काकली को और भी स्पष्ट सुन सके और शायद देख सके उस कोकिल के सुंदर मुखड़े को, जिसके अंदर ऐसी अच्छी जबान है। किंतु लज्जा, नहीं, मर्यादा उसे झट खींचकर बीच घर में ले आती।

□

और ऐसा मौका भी तो बहुत कम मिलता जब उसका घर खाली हो, वह किवाड़ तक भी जा सके। दिन भर अड़ोस-पड़ोस की स्त्रियाँ आती रहतीं दुलहन देखने। स्त्रियों का ताँता तो कई दिनों में टूटा भी, किंतु बच्चों का हंगामा तो बना ही रहता। नई बहू को देखने से ही उन्हें संतोष नहीं था, वे उससे बोलना चाहते थे, खेलना चाहते थे! हाँ, नई बहू से बढ़कर दुनिया में खेलवाड़ की चीज और क्या हो सकती है? इन बच्चों में, उनके सरल विनोद और निष्कपट व्यवहार में वह भी मजा पाती। शायद ये नहीं होते तो अपने नैहर के वातावरण से एक-ब-एक विलग

हो जाने का दुख उसे और भी सताता। यों तो, नैहर की याद जब-तब आ ही जाती; आती, रुलाती! आह, कब दादी को देख सकूँगी, माँ से रूठ सकूँगी, काकी से बतिया सकूँगी, बाबूजी को देख कब शरमाकर भागूँगी, और अपने उस दुष्ट भाई को झिड़कूँगी, उसके गालों पर मीठी चपत दूँगी! अपना वह गाँव, वे पेड़, वे खेत फिर कब देखने को मिलेंगे?

रात में कुछ देर से 'वे' पहुँचते। पहुँचते अपने साथ हँसी, विनोद, आमोद-प्रमोद सबकुछ लिये-दिए। वह ऐसी हिरनी है, जो अपने गोल से, अपने जंगल से तुरत-तुरत विलगाकर यहाँ लाई गई है, अतः जरूरी है उसका मन बहलाया जाए, उसे भुलाया जाए, फुसलाया जाए, 'उनका' पारखी हृदय यह अच्छी तरह समझता। अतः रोज कुछ नए-नए शिगूफे छोड़ते। नई बातें, नई कहानियाँ, नए चुटकुले, नई सौगातें!

नई सौगातें! जिन्हें वे अपने घरवालों की नजर बचाकर लाते। लोग क्या कहेंगे, कलजुगहा है, अभी शादी हुए दिन भी न बीते और बीवी की फरमाइशें पूरी करने लगा! अतः यह चोरी-छिपी। लेकिन वह उनसे क्या फरमाइश करती भला? क्या उसके लिए सिर्फ वे ही काफी न थे, जो दूसरी चीजों की वह ख्वाहिश करे! देहात की वह लड़की, उसके दिमाग का दायरा ही कितना बड़ा कि वह नई-नई चीजें माँगे? और जो चीजें चाहिए उसके नैहरवालों ने एक-एक कर दी थीं उसे। उसकी काकी ने एक भी ऐसी चीज नहीं छोड़ी थी जो उसे पसंद हो। कीमती, रंग-बिरंगी सराबोर साड़ियों से न जाने क्यों शुरू से ही उसे उदासीनता रही है और गहनों की ओर भी उसका मन कभी गुड़-चींटा नहीं बना। अतः उसकी इच्छा की पूर्ति के लिए नैहरवालों को ज्यादा खर्च भी नहीं करना पड़ा था। यों, वह सब तरह संतुष्ट थी; किंतु 'उनको' जो संतोष हो।

किंतु सौगातों से भी प्यारी थीं उनकी बातें। वे आते, आते ही बातें शुरू हो जातीं। कुछ उससे पूछते, कुछ आप कहते। इसी पूछ-कह में

रात न जाने कैसे बीत जाती। जब ऊपर के जंगले से घर में उषाकालीन प्रकाश घुसता, हम प्रायः ही कह उठते, ओहो, दिन हो गया? रात बीत गई? कितनी छोटी होती है रात आजकल! क्या सचमुच उन दिनों रातें छोटी होती थीं या हमीं रातें छोटी कर लेते थे? यह प्रकाश देख जब वे जाने को तैयार होते, उसे कितना अखरता! विधाता दिन को भी रात ही क्यों नहीं बना देता? दिन के बिना भला क्या बनता-बिगड़ता है, वह अपने भोलेपन में सोचा करती।

इस रात्रि-जागरण के फलस्वरूप दिन में वह थोड़ा सा भी सुअवसर पाते ही सो जाती। एक दिन दुपहरिया में वह सोई थी। घरवाले भी खा-पीकर निश्चिंत थे। शादी की भीड़-भाड़ से फुरसत पाकर वे लोग अब निश्चिंत अलसाए पड़े थे। न जाने किस तरह उनकी आँख बचाकर 'वे' झट घर में घुस आए। वह सोई हुई थी, आते ही उन्होंने उसके गालों पर अपने अधर रख दिए। यह कौन? दिन में यह कौन? क्या किसी दुष्ट देवर ने यह खेलवाड़ किया है या किसी शोख ननद ने? वह चीखने ही जा रही थी कि उसने पाया उसके मुँह पर किसी की हथेली और सामने किसी का हँसता-दमकता चेहरा। वह उठना चाहती थी कि वह किसी के भुजपाश में थी। वह चिर-परिचित भुजपाश! अटूट, अछेद्य, स्नेह-पाश, प्रेमपाश!

रात तो 'उनके' कौतुकों की क्रीड़ास्थली ही थी। कभी कहते, बाल को यों सँभालो, कभी यों। कभी यह साड़ी पहनने को कहते, कभी वह। उसे यह जानने में ज्यादा देर न लगी कि उन्हें हलके हरे रंग में कुछ खास दिलचस्पी है। शायद दुनिया को वह हमेशा हरा-भरा देखना पसंद करते! हरी साड़ी पर चोली किस रंग की जमती है इसको लेकर तर्क-वितर्क होता। हरी किनारीवाली साड़ी को किस रंग में रँगाना चाहिए, यह भी विचार का विषय होता! गहने? यह कानों में क्या लटक रहा है? यह नाक में क्या गड़ा रखा है? यह सीपी सी गरदन शृंगार क्यों

चाहे? और छाती पर हार रखना तो दो हृदयों के मिलन में बाधा पहुँचाना है। कमर में झुम-झन, पैरों में रुन-झुन, उहँ, तू पूरी गँवारी है! एक रात एक-एक कर सभी गहने हटा दिए। जरा देख तो आईने में कैसी लगती है अब? और हाँ, हाँ, यह चोली ही क्यों रहे! वह हा-हा करने लगी; वे चिपक पड़े, नहीं, उतारना ही होगा। क्या यह आँचल ही शरीर ढकने को काफी नहीं? भला यह भी कोई तर्क था? किंतु जबरदस्ती तो दुनिया में खुद सबसे बड़ी दलील है। उन्होंने जबरदस्ती की। 'वह' शर्म से गड़ी जा रही थी और 'वे'...

यह आईना। आईना के सामने खड़े होकर या हाथ में बड़ा आईना लेकर कितना समय उन्होंने बरबाद किया होगा? दोनों के मुँह का प्रतिबिंब आईने में पड़ता था। वे उसके मुँह के एक-एक अवयव का विश्लेषण करते। देख, तेरा यह मुखड़ा। काली पाटियों के बीच यह सिंदूर-बिंदु, मानो काली घटा में अचल विद्युत् रेखा! चाँद से ललाट के नीचे भँवों की लचीली कमान, काम ने आज क्या चंद्रमा को ही अपना निशाना बनाया है? नीचे दो चंचल मछलियाँ खेल रहीं, रस-सागर में डूबती-उतरातीं! अरी पगली, तेरी ये पलकें कितनी लंबी-लंबी हैं? कौन ऐसा पत्थर का कलेजा है, जिसमें ये साफ घुस न जाएँ? दोनों ओर गुलाब खिले हैं, बीच में चंपे की कली, यह थी उसकी नाक और गालों की उपमा। ये दो अधर, जरा मुसकरा दो न? नए आम्र-पल्लवों के बीच दाड़िम के दाने बिखर पड़ें, निखर पड़ें! और सब रस का निचोड़ तो उस खड्ड में आकर जमा हो गया, उसके चिबुक को पकड़कर वह कह उठते। वह चुपचाप सुना करती। कभी-कभी उसे अपने पर नाज भी होता। इस तरह अपने को उसने कभी देखा नहीं था, इस तरह विलग-विलग करके अपने को अपने से अलग करके। किंतु ज्यादातर उसे शर्म ही आती। "उहँ, यह क्या बक रहे हैं आप; आपने अपने चेहरे को, अपने को गौर से देखा है? आप ही क्या कम हैं?"

''हाँ-हाँ, देखा है, कैसा हूँ मैं, सोने की अँगूठी का नीला नग?''

''नीलम का नग क्यों नहीं कहते!''

''कभी देखा भी है नीलम?''

उसने आईने में ही उनके चेहरे की ओर हँसते हुए इशारा किया। उन्होंने उसे छाती से लगा लिया। बेचारा आईना! टुकुर-टुकुर देखा करता वह।

एक रात न जाने क्या धुन में आई, बोले, ''तुम्हारा नाम क्या है जी!''

''आप नहीं जानते क्या?''

''सुना तो है, किंतु जानता नहीं।''

''वाह, क्या खूब? जो सुना है, वही मेरा नाम।''

''दुलारी न?''

''जी हाँ।''

''लेकिन दुलारी नाम तो बाप का होता है; बाप का कहो या नैहर का कहो।''

''तो पतिदेव का या यों कहिए, ससुराल का नाम क्या होना चाहिए, आप ही बतलाएँ?''

''मैंने तो पहले से ही एक नाम चुन रखा है?''

''वह क्या है?''

''रानी—और मेरी कुटिया की रानी ही मेरे दिल की रानी!''

वे गुनगुनाने लगे, गाने लगे। मुँह से गाते और एक हाथ से उसे अपने हृदय से लगाए दूसरे से उसके बालों को सहलाते। वह उनका स्वर, वह उनके हृदय का मधुर कंपन, वह उनका कोमल कर-स्पर्श! उसकी आँखें बंद हो गईं। उसने अनुभव किया वह ऊपर उठी जा रही है, वही नहीं, वह भी और वे दोनों ही इसी मुद्रा में, इसी आसन में! नीचे पलंग छूट गया है, घर छूट गया है, जमीन छूट गई है। हम आसमान

में हैं, गगनमंडल में हैं, चारों ओर चकमक तारे हैं, दूर चाँद हँस रहा है, वायुमंडल में सौरभ और संगीत छा रहा है, वह उड़ी जा रही है, वे उड़े जा रहे हैं, 'वह' और 'वे' दोनों, दोनों-दोनों···

□

ऐं, यह गाड़ी अचानक रुकी क्यों? हाय री तकदीर, तुम्हें इतना भी पसंद नहीं कि वह कुछ देर तक कल्पना की दुनिया में विचरण कर ले। बीच में पुल खराब हो गया था, उसी की मरम्मत हो रही थी। किंतु क्या उसे यह जानने की फुरसत थी कि वह कई स्टेशन बीच में छोड़ आई है! वह तो अपनी तसवीरों में मस्त थी, तसवीरों की वह निराली दुनिया!

□

7. सौगात!

''देखो रानी, आज तुम्हारे लिए एक बिलकुल नायाब सौगात लाया हूँ'', कहते हुए किस मधुर मुसकान में उस रात उन्होंने घर में प्रवेश किया।

वह उछली, उनकी बगल से पोटली छीन ली। एक रेशमी रूमाल में लिपटी हुई उस सौगात को जब उसने खोला, देखा उसमें पाँच बढ़िया सुंदर जिल्दवाली, बहुत सी तसवीरोंवाली पुस्तकें हैं। वह एक-एक किताब को देखती, उनके भीतर की तसवीरों को देखती। वह उन किताबों और तसवीरों को देखती हुई मन-ही-मन इस बहुमूल्य उपहार के लिए उन्हें बधाई देने को सोच ही रही थी कि वे फिर बोले, ''मैं कल शहर जा रहा हूँ, छुट्टी पूरी हो गई। पढ़ाई में ज्यादा हर्ज करना ठीक नहीं; समझीं?''

पढ़ाई में जरा भी हर्ज करना ठीक नहीं, क्या वह नहीं जानती? क्या नहीं समझती? नैहर में ही उसने सुन रखा था, वे पढ़ रहे हैं, बहुत पढ़ गए हैं, पढ़ने में बड़े तेज हैं, सरकार से स्कॉलरशिप पाते हैं। इस चर्चा के साथ उसने वहीं यह भी सुना था, लड़के शादी होने पर पढ़ना-लिखना छोड़ देते हैं। उनकी बेवकूफ बीवियाँ उन्हें अपने सामने रखने की धुन में उन्हें छोड़ती नहीं। वे भी प्रेम के प्रथम आवेग में किताब के पन्ने उलटने की अपेक्षा बीवी का घूँघट उलटना ज्यादा जरूरी और

कीमती मानते हैं। नतीजा यह कि कितने होनहार नौजवान बरबाद हो गए, बरबाद हो गया उनका भविष्य, उनके घर। उसकी एक भावज ने उस दिन जैसे उसे ताना देते हुए कहा था, "मेहमानजी पढ़ रहे हैं; लेकिन देखना है दुलारी बबुई के चेहरे और कोर्स की किताब दोनों में आखिर जीत किसकी होती है?" उसी दिन दुलारी ने मन-ही-मन इसका उत्तर ठीक कर लिया था, वह उस चेहरे पर तेजाब छिड़क लेगी, जो चेहरा उन्हें किताब से विमुख करे।

किंतु यह क्या? वही दुलारी उनके अकस्मात जाने की यहाँ खबर सुनकर स्तब्ध रह गई! किताबें पाने का जो आनंद अभी अंकुर ले पाया था, मानो उस पर गरम पानी का छींटा पड़ गया। उसके मुख की उत्फुल्लता देखते-देखते परछाईं में बदल गई। हृदय में प्रसन्नता की जो हलकी लहर अभी-अभी उठ पाई थी, वह उच्छ्वास में परिणत होती दीख पड़ी। उसकी आँखों ने तो मानो उसे बेभरम ही कर डाला। उसकी सजल आँखों में अपनी विनोदी आँखें गड़ाकर उन्होंने मुसकराते हुए कहा, "रानीजी, यह रवैया तो ठीक नहीं!"

वह जैसे चौंक उठी। इसमें उनकी होशियारी से अपील ही नहीं थी, उसकी बेवकूफी पर जबरदस्त ठोकर भी। यह प्रेम नहीं, मोह है। मोह, विलास, वासना! वह प्रेम क्या प्रेम है, जो परिणाम न देखे, भविष्य न देखे? जो क्षणिक सुख के लिए जीवन भर के आनंद को लँगड़ा बना दे, लुंज कर दे, उसकी अकाल हत्या कर दे! वह सजग हो गई। हृदय के आवेग को रोका, चेहरे पर सुर्खी लाने की कोशिश की। उनकी आँखों में आँखें डालकर ही बोल उठी, "तो क्या मैं आपको रोकना चाहती हूँ?"

"यदि ऐसा करो, तो मेरी रानी कैसी? मेरी रानी ऐसी गलती कर नहीं सकती।" कहकर उन्होंने प्रेम का एक ताजा चिह्न उसके गालों पर जड़ दिया। फिर कहने लगे, "घबराना नहीं, रानी। छुट्टी होते ही मैं

चला आया करूँगा। इसके बाद ही गरमियों की बड़ी छुट्टी होती है। बहुत दिन तक साथ रहने का मौका मिलेगा। तब तक ये किताबें हैं, जब जी न लगे इन्हें ही पढ़ना। इन्हें किताब नहीं अपनी सखी समझना।''

''सखी या सौत?''

वह बीच ही में बोल उठी, एक विनोद जो उसे सूझ गया! किंतु तुरत उसे लज्जा हुई, यह क्या बोल चुकी वह? वे मुसकरा कर रह गए, सिर्फ इतना कहा, ''तू अभी बिलकुल बच्ची है?'' और किताबों को उलट-पुलटकर दिखाने लगे। पहले एक-एक तसवीर दिखाई, उनकी बारीकियाँ बतलाईं। फिर कहने लगे, ''जरा पढ़ो न, सुनूँ।'' ''क्या मेरा इम्तिहान होगा?'' उसने कहा! ''ओहो, तुम तो वकील होने लायक थीं।'' ''मैं न सही, मेरे राजा सही?'' इस प्रत्युत्तर से वे खूब ही प्रसन्न हुए। उसने कहा, ''आपने किताबें पहले क्यों न दीं? जरा, आपसे भी पढ़ती।'' उन्होंने जवाब दिया, ''मैं खुद जो एक किताब पढ़ने में मस्त था।'' और वह किताब क्या थी, क्या वह नहीं समझ सकी थीं?

''तो आपने मुझे किताब मान लिया है?'' उसने व्यंग्य से कहा।

''रानी, हर आदमी एक किताब है। जिस तरह किताब में दोनों ओर जिल्द होती है, फिर पृष्ठ होते हैं, तसवीरें होती हैं, प्रारंभ में भूमिका होती है, अंत में परिशिष्ट होता है, उसी तरह आदमी के जीवन में भी वाह्य आवरण, अंत:प्रदेश, बचपन और बुढ़ापा और उनके बीच जीवन के भिन्न-भिन्न विभाग होते हैं। किसी किताब की जिल्द तो अच्छी होती है, भीतर का विषय खराब, किसी की तसवीरें तो सुंदर होती हैं, लेकिन वर्णन वीभत्स। संक्षेप में, कोई किताब अच्छी, कोई किताब बुरी, कोई किताब सिर्फ एक बार पढ़ लेने की होती है और कोई बार-बार मनन करने की, यों ही, आदमी-आदमी में भी फर्क है। पुस्तकों के चुनाव की तरह आदमी का भी चुनाव करना चाहिए। पिछले कुछ दिन हम लोगों ने भावना की दुनिया में गँवाए हैं। जिंदगी में इनके लिए भी जगह होनी चाहिए। किंतु धीरे-

धीरे हमें ठोस जमीन पर पैर रखना होगा और लंबी जिंदगी इस जमीन पर ही गुजारनी पड़ेगी। उसमें सफलता प्राप्त करने के लिए हमें आदमी की पहचान करनी होगी। अगर इसमें हमने भूल की, हम रोते जीएँगे, पछताते मरेंगे। अगर हम सही-सही पहचान कर सके, तब फिर आनंद-ही-आनंद में दिन कट जाएँगे; हम खुद ही आनंद से नहीं रहेंगे, जहाँ रहेंगे आनंद का वातावरण बनाए रखेंगे...''

वे यों कहते जा रहे थे, वह सुनती जा रही थी। इसके बाद फिर उन्होंने अपने घर के बारे में कहना शुरू किया। जिनके मुँह से कल तक वह सिर्फ प्रेम, हास्य, विनोद और विलास की बातें सुनती आ रही थी, इस समय वे ही ज्ञान, व्यवहार, लोकाचार की बातें इस तरह कर रहे थे कि उसे शक होता, क्या ये वही आदमी हैं? वह रह-रहकर उनका मुँह देखती। वे बड़े ही गंभीर भाव से कहे जाते। मानो ये शब्द नहीं थे, उनका हृदय शब्द-रूप में निकल रहा था। वह भी भाव-मग्न हो उनके एक-एक अक्षर को सुनती रही, सुनती रही, कान के रास्ते हृदय में उतारती रही। उनकी वे बातें? क्या यह सच नहीं है कि उस दिन का उनका वह उपदेश-कथन परवर्ती जीवन में उसके लिए दृढ़ संबल बना, नहीं तो न जाने वह कहाँ रह गई होती, बह गई होती। उस दिन उसे अनुभव हुआ, जिन हाथों को उसने पकड़ा है, वे सिर्फ प्रेम सरोवर की थपकियाँ ही नहीं ले सकते हैं अपार संसार-सागर के पार करने में भी समर्थ हैं। उसने ऐसे पति पाने पर गर्व भी अनुभव किया।

जिस समय उनकी बातें खतम हुईं, घर भर में एक अजीब सन्नाटा छा गया था। उस सन्नाटेपन को उन्होंने भी महसूस किया। उनके चेहरे की ही तरह उसका चेहरा भी गंभीर हो चला था।

इस सन्नाटे, इस गंभीरता को कम करने के लिए उन्होंने फिर विनोद का प्रसंग छेड़ा। पाँचों किताबें पड़ी हुई थीं। उनकी कुछ तसवीरें निकालकर उनकी व्यंग्यपूर्ण व्याख्या करने लगे। देखो, यह बेचारी है

शूर्पनखा, कितनी सुंदर! देखो, यह सुंदर चेहरा! और इतने पर भी लक्ष्मण महाराज नहीं रीझे, नाक-कान काट लिये! कुछ मर्द ऐसे ही होते हैं! कितना भी रिझाओ, रीझते नहीं! और, यह हैं हमारे अर्जुन, जहाँ गए वहीं एक प्रेयसी कर ली। अपने गुरुदेव के घर को भी अछूता नहीं छोड़ा! देखो, सुभद्रा को रथ पर चढ़ाए भागे जा रहे हैं। रानी, बताओ तुम्हें किस तरह के मर्द पसंद है। क्या कहा, 'लक्ष्मण'? तब तो एक दिन तेरी भी नाक कटेगी?

"उसकी नाक कटकर रहेगी, जो यों दर-दर दिल का सौदा करती फिरे!" वह तमककर बोली। उन्होंने हुलसकर उसे हृदय में लगा लिया।

दूसरी रात विदाई की रात थी! किंतु उस समूची रात को उन्होंने इस तरह बिता दिया कि उसे यह महसूस करने का मौका भी नहीं मिला कि कल वे जाएँगे। जोरो से हँसते थे, बात-बात पर चुटकुले कसते थे! एकाध बार उसने कल जाने की चर्चा करनी चाही, उन्होंने अनखाकर रोक दिया और झट कोई सरस प्रसंग खड़ा कर दिया। हाँ, जब भोर हुई, वे घर से जाने को तैयार हुए, उसकी आँखें सजल हो गईं, वह बोली, "फिर कब दर्शन होंगे?"

"बस, यही थोड़ी देर बाद, तुमसे मिलकर जाऊँगा न? इंतजाम कर लिया है, घबराओ मत।"

और कुछ दिन उठे, तब वह उदास, विषण्ण अपने घर में बैठी थी, अपनी किताबें खोजते वे पहुँच गए। किताब तो बहाना थी। असल बात थी उससे मिलना। ससुराल से जो कपड़े मिले थे, बड़ी सजधज से उसे पहने थे। घर में घुसकर किवाड़ भिड़का दिए और नजदीक आकर हँसते हुए बोले, "रानी, अच्छा लगता है न? देख तो। देख पगली, देख! लोग ससुराल की चीजों की शिकायत तो न करेंगे? यह शिकायत तेरी शिकायत होगी? लोग कहेंगे, जहाँ के कपड़े ऐसे, वहाँ की दुलहन कैसी? बोल; तू तो चुप है। क्या आज से ही मौन व्रत शुरू हुआ? तो ले

मैं व्रत को भंग किए देता हूँ!'' यों कहते-कहते उसे आलिंगन में ले लिया और सारे चेहरे को चुंबनों से भर दिया। ''अब तो व्रत-भंग हुआ, बोल न?''

वह तो नहीं बोल सकी, उसकी आँखें बूँदें गिरा-गिराकर जरूर अपनी विनय सुनाने लगीं। उसने देखा, उनका विनोद स्वभाव भी उदासी में डूबा हुआ है। गला रुँधा हुआ है, चेहरा भारी हो गया है। अरे, उनकी आँखें? क्या वे भी सजल नहीं हो उठी हैं? किंतु तो भी वे मर्द थे, मर्द का हृदय था। उन्होंने अपने को जप्त किया, कहा, ''घबराना मत, गरमियों की छुट्टी नजदीक ही है। मैं जल्दी ही आया। पहुँचते ही चिट्ठी लिखूँगा। हाँ, जैसा परसों समझाया, उसके मुताबिक चलने की कोशिश करना। समझीं? समझीं मेरी रानी? ओहो, तू बड़ी नटखट है! भोली, बच्ची, नादान और नादान को तो चाँटे लगाते हैं न?'' चलते-चलते एक मीठी चपत उन्होंने उसके गाल पर जड़ दी।

□

मीठी चपत? ऐं, सचमुच मीठी चपत! उसकी भोली बिटिया नींद से जगकर उसके मुँह की ओर देख रही थी और उसे अपनी ओर मुखातिब नहीं होती देखकर उसने अपनी गुलाबी हथेली से उसके गाल पर आखिर एक चपत जड़ दी थी। चौंककर उसने उसकी ओर देखा। सामने की बेंच पर जो एक भलेमानस बैठे थे, वे बच्ची की शोखी पर मुसकरा रहे थे। वह भी मुसकरा पड़ी। बच्ची को समेटकर छाती से लगा लिया और बड़े लड़के से लेमनचूस लेकर उसे हाथों में दे दिया। बच्ची लपककर भाई की गोद में चली गई। दोनों भाई उसे खेलाने या उससे खुद खेलने लगे। और वह फिर अपनी तसवीरों की दुनिया में जाना ही चाहती थी कि गाड़ी धीमी हुई, कुलियों का कोलाहल बढ़ा…

□

(ख) विराम

कुलियों के कोलाहल के बीच और उतरनेवालों में रेल-पेल। कई तरफ से गाड़ियाँ आती थीं। यात्रियों में धक्कमधुक्की सी हो रही थी। खोमचेवालों ने और कुहराम मचा रखा था। मुस्तंडापन गरज रहा था, भलमनसाहत सिमटी जा रही थी। जैसे-तैसे रानी का यह काफिला भी उतरा। पता चला, अभी जिस गाड़ी से वह जाएगी उसके आने में देर है, वह थोड़ी लेट है। देवर ने कहा, वेटिंग रूम में चलकर ठहरा जाए। बड़े लड़के ने ताईद की। उसे तो अनुसरण-मात्र करना था। बच्ची को गोद में लिये, छोटे लड़के की उँगली पकड़े वह चली।

वह वेटिंग रूम में बैठी। देवर और बड़ा लड़का स्टेशन की सैर में निकले। छोटा लड़का झट बाहर निकल एक खोमचेवाले को बुला लाया। एक खोमचेवाले की बिक्री ने दूसरे खोमचेवालों को प्रोत्साहित किया। कुछ देर में उस वेटिंग रूम में मिठाइयाँ, फल और खिलौनों की एक छोटी प्रदर्शनी लगी थी। खरीदना ही पड़ा उसे, बच्चे की जिद और बच्ची की ललक। एक के तीन देने पड़े। बच्ची कचकड़े का झुनझुना बजा रही थी। बच्चा एक हाथ में रबर की रंगीन गेंद पकड़े दूसरे से अंगूर खा रहा था और माँ से कह रहा था, तुम मिठाइयाँ खाओ। उधर देवर और लड़के ने रिफ्रेशमेंट रूम में नाश्ता किया, चाय पी। पान खाकर, स्टाल पर से कुछ फल खरीद वे वेटिंग रूम में पहुँचे। वे जानते

थे, वह स्टेशन पर की कच्ची-पक्की चीजें खाती नहीं है। थोड़ा फलाहार ही सही, देवर का आग्रह था। वह टाल न सकी।

गाड़ी में बैठी-बैठी, फिर वेटिंग रूम में इतनी देर तक बैठी रहने के कारण दिल और दिमाग के साथ जिस्म में भी काफी हरारत वह अनुभव कर रही थी। बच्ची और छोटे बच्चे को उनके काका के साथ खेलने को छोड़कर बड़े लड़के के साथ वह वेटिंग रूम से बाहर हुई। स्टेशन पर खूब ही भीड़भाड़ थी। शादी-ब्याह का मौसम होने के कारण तरह-तरह के रंग-बिरंगे लोगों से स्टेशन की चप्पा-चप्पा जमीन भरी थी। कितने दुलहे अजीब पोशाक, अजीब पग्गड़, अजीब रंग का चंदन और काजल लगाए, बिना जरूरत मुँह में रूमाल ठूँसे बैठे हुए थे। जगह-जगह दुलहनें साड़ी-चादर में लिपटी अजीबोगरीब गठरी सी बनी थीं। उनकी दाइयाँ उनके परदे की बेपर्दगी को ढकने में बेहद मुस्तैद। कुछ नए-नवेले दुलहे और कुछ नई रोशनी की दुलहनें भी उसने देखीं। इतनी भीड़भाड़ में भी जैसे उन्हें दुनिया को देखने की फुरसत न हो— एक-दूसरे के देखने-निहारने में ही मस्त। उस परदे की बेपर्दगी और इस बेपर्दगी के परदे में उसे कुछ ज्यादा फर्क नहीं मालूम हुआ। जगह-जगह बाजे बज रहे थे। बरातियों की तरह-तरह की पोशाकों में रंगीनी और भद्देपन की अजब पुट थी। लोग शिवजी की बरात का मजाक व्यर्थ में उड़ाते हैं, यहाँ तो हमारी हर बरात शिवजी की बरात होती है— 'कोउ मुख-हीन, विपुल मुख काहू' आदि का प्रत्यक्ष प्रमाण।

इन दृश्यों ने उसके मन के बोझ को हलका किया। वह धीरे-धीरे प्लेटफॉर्म के आखिर छोर तक चली आई, जहाँ से पश्चिम रूख होते ही, उसका ध्यान डूबते सूरज की ओर गया। इस वसंत में जो वरदान की तरह ही कभी-कभी दीख पड़ता है, बादल का एक हलका टुकड़ा मानो सूरज की राह रोके खड़ा था। सूरज देवता उसकी शोखी पर हँस रहे थे और उनकी हँसी का गुलाबी रंग उस भरे बादल को लाल-भभूका बना रहा

था। नजदीक ही जो लोहे की बेंच पड़ी थी वह उस पर बैठ गई और डूबते हुए सूरज का बादल के साथ की यह आँखमिचौनी देखने लगी।

आखिर सूरज डूब गया। बादल का गुलाबी रंग जाता रहा, उसका अपना भूरा रंग भी नहीं रहा, धीरे-धीरे काला होता वह तमिस्त्र क्षितिज में कहाँ लीन हो गया, पता तक नहीं। क्या आदमी के भाग्य की उपमा इस बादल के टुकड़े से नहीं दी जा सकती? अपने जीवन-पथ पर चलते-चलते कभी-कभी वह यों ही अचानक घटनावश, अकस्मात रंगीन बन जाता, अपने क्षणिक सौंदर्य और ऐश्वर्य से लोक-लोचनों को तृप्त करता; धन्य-धन्य कहलाता है; फिर अनंत अंतरिक्ष में न जाने कहाँ लुप्त हो जाता है। बड़ा सौभाग्य हुआ तो किसी चित्रकार की कूची, किसी कलाकार की कलम से इतिहास-पट पर थोड़ी सी जगह वह पा सका, नहीं तो…

इसी समय उसके लड़के ने कहा, घंटी हो रही है, शायद ट्रेन आनेवाली है। वह हड़बड़ाकर उठी। समूचा स्टेशन बिजली की रोशनी से जगमग हो रहा था। लोगों में एक अजीब हलचल, हलचल क्या भगदड़ मची हुई थी। वह लपकते पैर वेटिंग रूम में आई। वहाँ उसकी बच्ची उसके लिए रो रही थी, बच्चा अपने चाचा को बेचैन किए था। झट बेटी को गोद में ली, बेटे को बगल से सटाकर उसे पुचकारने लगी। तब तक कुली भी आ पहुँचा। सब प्लेटफॉर्म पर आ खड़े हुए।

गाड़ी आई। सब चढ़े। भीड़ ज्यादा थी। इंटर क्लास में भी धक्कमधुक्की। किंतु किसी तरह जगह मिली। सब बैठ गए। हरी रोशनी के इशारे पर गाड़ी चली। प्लेटफॉर्म तक तो बाहर रोशनी-ही-रोशनी थी। बाद में, जब उसने बाहर देखा, अंधकार-ही-अंधकार। डब्बे की रोशनी को बाहर का अंधकार मानो चारों ओर से दबा रहा था। उसके दबाव से सिसकियाँ लेता, आकुल-व्याकुल डब्बा वेग से भागा जा रहा था।

प्रकाश और अंधकार के इस संघर्ष ने उसके जीवन की उन तसवीरों

को दिखाना शुरू किया जहाँ अब ज्यादा अंधकार-ही-अंधकार था। हाँ, चारों ओर के निबिड़ अंधकार में प्रकाश का एक छोटा सा घेरा, जो उसे जिला रहा, बढ़ा रहा, रास्ता बता रहा था। कई बार ऐसा लगा था, अब प्रकाश बुझा, बुता गया। शाश्वत अंधकार की कल्पना से ही उसका दम घुटने लगता। किंतु हर बार अंधकार असमर्थ सिद्ध हुआ, प्रकाश फिर प्रकाश में आया। प्रकाश और अंधकार का यह संघर्ष कब तक चलता रहेगा? क्या ऐसे दिन न आएँगे, जब प्रकाश-ही-प्रकाश हो? जीवन में प्रकाश, जगत में प्रकाश! किंतु क्या वह प्रकाश हमारी आँखों में चकाचौंध न लगा देगा? हमारे मन को बेचैन, हृदय को उद्वेलित न कर देगा? छाया आदमी के अस्तित्व का एक प्रमाण है। अंधकार ही प्रकाश को प्रकाश का नाम देता है। अंधकार और प्रकाश के संघर्ष का नाम ही जीवन है! जब तक छाया और प्रकाश, लाइट ऐंड शेड का सम्मिश्रण न हो, तसवीरें बन नहीं सकतीं, एक दिन 'उन्होंने' ही तो उससे हँसते-हँसते कहा था। आज प्रत्यक्षत: वह देखती है, अंधकार और प्रकाश की यह आँखमिचौनी उसके संपूर्ण जीवन को तसवीर-ही-तसवीर बना रही है।

गाड़ी भागी जा रही है, तसवीरें बनती जा रही हैं। तसवीरें…

□

8. वियोग

वे अपने अध्ययन की धुन में शहर चले गए। समझाकर गए, बुझाकर गए, हँसाकर गए, चपतिया कर गए। उसे विनोद में छोड़ने, प्रमोद में रखने के लिए उन्होंने एक कोशिश नहीं छोड़ी। घरवालों से भी शायद इशारतन कुछ कह गए। उन लोगों ने भी उसे बहलाए रखने की पूरी कोशिश की। ननदें घेरे रहतीं, देवर गुदगुदाते रहते। बड़ी-बूढ़ी सब जैसे उसे हाथ पर लिये फिरतीं। किंतु इन सबके बावजूद उसके दिल में एक अजीब उदासी छाई रहती, उसके दिमाग में उचाट बसी होती। रह-रहकर तबीयत घबराती। मालूम होता, उसके हृदय का एक हिस्सा निकाल लिया गया है, हृदय की वह खाली जगह साँय-साँय किए रहती। कभी-कभी वहाँ एक अजीब पीड़ा, दर्द, टीस का वह अनुभव करती। ऐसा तो कभी नहीं हुआ था, उसे क्या होने जा रहा है?

इस एक पखवाड़े में ही उसकी जिंदगी में इतना बस गए, रस गए, घुलमिल गए, एक हो गए थे कि उसका वियोग उसे इतना अपूर्ण फलतः विह्वल-विकल बनाए हुए है, इसकी कल्पना पर उसे खुद आश्चर्य होता! नई दुलहनें क्यों अपने 'पढ़क्कू' पति को अपने आँचल का 'पालतू' तोता बना डालती हैं, अब उसकी समझ में आ रहा है! बैठती है तो लेटने की इच्छा होती है, लेटती है; तो अकस्मात खड़ी होकर टहलने लगती है। खाने बैठती है तो ग्रास कंठ से नीचे नहीं उतरते; पानी उसके

जीवन का आधार हो गया है। उसके अधर मरुभूमि बन गए हैं, आँखों में सावन समा गया है। एक ओर हूहू-धूधू, दूसरी ओर रिमझिम, झिर-झिर! दिन तो जैसे-तैसे कट भी जाते हैं, किंतु रात तो उसको काटने दौड़ती है। यह सब क्या है, क्यों है?

प्रथम वियोग! उसने 'प्रेम-सागर' में पढ़ा था, कृष्ण के वियोग में गोपियाँ दिन-रात रोया करती थीं! पहले वह सोचती, यह क्या बात कि मर्द बाहर जाएँ, तो औरतें छाती कूटें, पीटें! यह पागलपन है जी, इसी का नाम है 'तिरिया चरित्तर', जिसके लिए स्त्रियाँ बदनाम हैं। कोई जाता है, जाए; फिर आएगा ही। अगर न भी आए, तो अपना क्या वश? फिर रोना-धोना क्यों? वह जाता है, वह नहीं आता तो साफ है, उसके दिल में हमारे लिए पीड़ा नहीं है, दर्द नहीं है। फिर हमीं क्यों दिल-दिल, दर्द-दर्द चिल्लाते रहें। जिस हाड़, मांस, मज्जा का पुरुषों का हृदय बना है, उसी का स्त्रियों का। पुरुष हँसते-हँसते जाएँ, जाते ही भूल जाएँ, अपने लिए नई दुनिया बसाएँ और स्त्रियाँ आँसू से विदाई दें, उनके नाम की माला जपा करें, अपनी बसी-बसाई दुनिया को उसाँसों की आँधी में उजाड़ दें, आँसुओं की बाढ़ में डुबो दें! छीः-छीः! यह स्त्रियों के लिए शर्म की बात है। किंतु जब अपने सिर पर आया, ये सारे ज्ञान, तर्क कहाँ हवा हो गए? चलते समय उसकी आँखों ने उसे बेभरम किया, अब उसका समूचा शरीर, शरीर का एक-एक अवयव उसे तबाह और बरबाद करने पर तुला है! प्रश्न वियोग! उफ, अजीब शै है यह, जिसे वह समझ नहीं पाती; और नासमझी का उपचार ही क्या और किस काम का?

कुछ दिन इसी बेचैनी में बीते। एक दिन उसने आईने में अपने चेहरे पर गौर किया। अरे, यह क्या? उसके चेहरे पर हवाइयाँ उड़ रही हैं। कहाँ गई वह ललाई, कहाँ उड़ा वह रंग; अब तो जैसे हल्दी मल दी हो। बालों में लट, ललाट पर बल। भौंहों की कमान, जिसका 'गुन' उतार लिया गया हो। आँखों के कोए सुर्ख, पुतलियों पर जैसे छाँव पड़ी

हो। गालों के गुलाब मुरझाए, सिकुड़े, सिमटे। क्या हो गई अधरों की वह हास्य-लालिमा! अरे, यह क्या हो रहा है, हुआ जाता है? चेहरे की यह हालत और दिल की मत पूछिए? मानो एक दुनिया उजड़ी जा रही है। जहाँ बगीचा था, वहाँ बबूल का वन बनने जा रहा है? बबूल का वन, जहाँ भौरों के बदले भेंम का राज, जहाँ फूल के बदले काँटों का दौरदौरा!

नहीं-नहीं, गलत चीज। उन्होंने जिस चीज से सावधान किया, वह उसी के चक्कर में पड़ गई। उसका समझाना-बुझाना, सब जैसे व्यर्थ हुआ, बरबाद गया। वह भावना के संसार में भटक रही है, तड़प रही है। मृगमरीचिका की एक सृष्टि उसे दौड़ा-दौड़ाकर उसकी जान लेने पर तुली है। नहीं, नहीं, यह गलत चीज। अब उसे ठोस जमीन पर पैर रखना चाहिए, उसे जमीन को देखने, समझने और तदनुसार जीवन की धारा को परिवर्तित करने की कोशिश करनी चाहिए। प्रेम और वियोग का भी जीवन में स्थान है, किंतु जीवन सिर्फ प्रेम और वियोग का नाम नहीं है; जीवन के साथ और भी कितने कर्तव्य बँधे हैं, जिनका कौशल के साथ संपन्न करना ही मानव जीवन की सफलता और सार्थकता है, ऐसा उन्होंने उस दिन बताया था। लेकिन वह कैसी मूर्ख निकली कि उनके जाते ही उनकी बात भूल गई। उनकी याद में तो वह घुली जा रही है, किंतु उनकी बातें वह भूली जा रही है, यह कैसा अजीब तमाश?

ठोस जमीन पर पैर रखना, यह उनकी आज्ञा थी, उनकी आज्ञा उसने सिर-आँखों पर ली। किंतु कुछ ही दिनों में जब उसे मालूम हुआ कि उसके पैर के नीचे जो जमीन है, वह कैसी पोली है, तब वह बहुत ही घबराई।

मध्यवित्त गृहस्थ परिवार के सभी वरदान और अभिशाप उसके इस नए संसार को घेरे हुए हैं। एक ऐसा घर, जो चूने से बाहर से पुता हुआ, चकमक करता; किंतु उस चूने के भीतर जो दीवारें हैं उनमें नोनी

ने घर कर लिया है, वे भीतर-ही-भीतर खोखली हुई जा रही हैं। घर की यह छत, यह किवाड़, ओसारे के ये खंभे, सभी सुघड़ और सुकाठ के। इन्हें रँगा गया है, इन्हें नया दिखाने की कोशिशें हुई हैं; किंतु भीतर से जो घुन इन्हें खाए जा रहा है, वह छिपाने से भी तो नहीं छिप पाता। जो इमारत की हालत, वही घर की सारी चीजों की। दरवाजे पर पशु हैं, चरवाहे हैं, नौकर हैं, अन्न रखने की बखारियाँ हैं, पुआल के बड़े-बड़े टाल हैं, बड़े-बड़े भुसखार हैं। किंतु क्या यह सच नहीं कि साल लगते-न-लगते पशुओं को चारे की दिक्कत सताती है, नौकर मुशाहरा न मिलने से खिन्न और अन्यमनस्क रहते हैं, बखारियों की शून्यता को भरने के लिए लाख कोशिशें होती हैं, तो भी सफलता नहीं मिलती। सफलता मिले तो कैसे? खलिहान से ही जो अन्न का प्रवाह चारों ओर तीव्र वेग से बहने लगता है। जिस टंकी में छेद है उसे भरने के लिए आप लाख पंप लगाएँ, वह रीता-का-रीता रहेगा।

टंकी में छेद, गृहस्थी में कर्ज। दोनों एक बात। हो सकता है कभी आपका पंप बिगड़ जाए, कभी आप पानी न दे सकें, भूल ही जाएँ। किंतु वह छेद तो अपना काम भूलेगा नहीं? वह तो तब तक अपना काम जारी रखेगा, जब तक एक-एक बूँद पानी निकाल बाहर न कर दे। वही कर्ज की हालत है। आप सोए हुए हैं और सूद आपके बिछावन के चारों ओर चलकर घूम रहा है! आपकी खेती खराब हो सकती है, घर में कोई यज्ञ-प्रयोजन पड़ जा सकता है, आपकी आमदनी मारी जा सकती है, आपका खर्च बढ़ सकता है। आपके पारिवारिक जीवन में इसी तरह के कारणों से ज्वार-भाटे आ सकते हैं। किंतु कर्ज पर इसका कोई प्रभाव नहीं पड़ने का, वह तो अपनी निश्चित गति से बढ़ा जा रहा है। सूद-दर-सूद, एक के दो, दो के चार, चार के सोलह, सोलह के एक सौ चौवालीस, यह तो सिर्फ इसकी चार ही छलाँग हुईं, आगे की गणना कीजिए।

उसके पितामह, हाँ, 'उनके' पितामह भी तो 'उसके' पितामह ही

हुए, अब तो 'उनका' एक-एक रिश्ता 'उसका' रिश्ता है, बड़े अच्छे गृहस्थ थे, किंतु बड़े उदार, दरियादिल। किसी की तकलीफ देखी नहीं जाती, किसी का कष्ट देख नहीं सकते। मुसीबतजदा जो माँगे, पावे। अपनी हैसियत का खयाल नहीं रखते। कैड़े के मर्द, मूँछ की शान पर जान भी देने को तैयार। कोई उन्हें आँख दिखा नहीं सकता। जिसके हाथ पकड़ लिये, कोई उस पर उँगली उठा नहीं सकता। जिसने उनसे गुस्ताखी की, वह उसका कड़वा फल चखा। अपनी शान के सामने वे किसी को लगाते नहीं। पुराने जमाने के सामंतों के सभी गुण। लेकिन यह सामंती का युग तो रह नहीं गया था! जो कभी का गुण था, वही इस जमाने का अवगुण हुआ। अपनी जिंदगी में उन्होंने बड़ा नाम कमाया, घर का रुतबा बढ़ाया, शान बढ़ाई, किंतु जिस घर को छोड़कर वे स्वर्ग सिधारे, वह घर ऐसा था, जो उनकी संतानों के लिए एक बोझ ही साबित हुआ।

उनके बड़े लड़के, 'उसके' पिताजी ने घर को सँभालने की कोशिशें कीं, वे बहुत कुछ सफल भी हो रहे थे, किंतु विधाता से देखा नहीं गया। सिर्फ एक बच्चा छोड़कर भरी जवानी में वह अचानक ही चल बसे। घर में अब जो चाचा वगैरह हैं, वे सिर्फ लकीर पीटनेवाले। वे इस दुर्वह बोझ को जैसे-तैसे ढोए जा रहे हैं, ढोए जा रहे हैं! किस उम्मीद पर? किस आशा में?

हाँ, इधर आशा की एक झलक दीख पड़ी है, उस झलक के मूर्त रूप हैं, उसके 'वे'! लोग कहते हैं, उनकी सूरत-शक्ल, चेहरा-मोहरा, चाल-ढाल, शील-स्वभाव, बातचीत सबकुछ उनके पितामह से मिलता-जुलता है। होनहार बिरवान के, होत चिकने पात की तरह, बचपन से ही उनकी प्रतिभा देखकर लोग मुग्ध हैं। इधर पढ़ने-लिखने में उनकी तेजी और तरक्की देखकर लोग कहने लगे हैं, उनके पितामह ने ही मानो घर की गिरती हालत देखकर उसके उद्धार के लिए यह अवतार लिया है। इस घर का रोब फिर बढ़ेगा, इसके आसमान पर फिर ज्ञान-मान का

सूरज चमकेगा। बाल-किरणें ही साबित करती हैं, दिन कैसा होने जा रहा है?

एक ओर जहाँ इस घर की हालत देखकर वह घबराई, वहाँ उसे इस कल्पना ने आनंद भी कम नहीं दिया कि वह उनकी सौभाग्यशालिनी पत्नी है, जो इस नाव की पतवार होंगे, जिनके ऊपर घर भर का भविष्य निर्भर है। वह अपने को उनकी योग्य अर्द्धांगिनी सिद्ध करेगी, उनके प्रयत्नों में अपना योग्य हिस्सा लेगी और अगर इतनी योग्यता अपने में न ला सकी, तो कम-से-कम उनके पथ के काँटों को चुनेगी, उस पर अपने स्नेह और भक्ति के फूल बिखेरेगी।

प्राचीन वीरांगनाओं की सी उसमें योग्यता कहाँ, जो पति के साथ-साथ कदम-ब-कदम चलती, बढ़ती थीं; रणक्षेत्र में उनकी ढाल और शिरस्त्राण बनती थीं; कर्मक्षेत्र में उनकी प्रेरिका और संचालिका मानी जाती थीं। यह नहीं सही, वह अपने को एक सच्ची गृहिणी तो बना सकती थी और यदि उसने इतना भी कर लिया, तो उसके सौभाग्य के लिए इतना ही कम नहीं। गृहिणी, क्या गृहिणी का पद ही न्यून है? क्या गृहस्थी की धुरी गृहिणी ही नहीं है? आप बाहर कितना भी कर-धर आइए, किंतु अगर घर में सुघड़ गृहिणी नहीं हुई तो आपका सारा करा-कराया सब चौपट! उसके सामने कितने उदाहरण हैं कि अच्छी गृहिणी के अभाव में कितने घर चौपट हो गए! वह ऐसा नहीं होने देगी!

□

"ऐसा नहीं होने देंगी!" उसके कानों में भी यह आवाज आई। वह चकित हुई। उफ, क्या तसवीर के बदले वह तकरीर पर उतर आई है? लेकिन नहीं, उसने मुड़कर देखा, तो पता चला, डब्बे के दो यात्री इस भीड़भाड़ में भी बहस छेड़े हुए हैं! बहस का विषय है, शिक्षित स्त्रियाँ! एक सज्जन पढ़ी-लिखी स्त्रियों पर अपने दिल का बुखार उतार रहे हैं। दूसरे सज्जन बड़े जोश से उनकी बातों को काट रहे हैं, "आपने जो कुछ

कहा, वह मूर्ख नारियों की करतूत हैं। आप क्यों भूल जाते हैं कि जिस तरह पढ़े-लिखे मर्द मूर्ख होते हैं, उसी तरह शिक्षित नारियाँ भी मूर्ख हो सकती हैं। किंतु जो यथार्थ शिक्षित स्त्रियाँ हैं, वे ऐसा नहीं करेंगी, ऐसा नहीं होने देंगी।'' किंतु उसे बहस सुनने की फुरसत कहाँ थी? वह अपनी तसवीरों की दुनिया में फिर जा पहुँची।

□

9. बिजली!

वे आया करते, जाया करते। जब वे आते, उसकी जिंदगी में एक ताजगी, उत्फुल्लता, प्रफुल्लता आ जाती। जब वे जाने लगते, एक उदासी, अन्यमनस्कता, विह्वलता उसके हृदय को ढक लेती। किंतु इस ताजगी और उदासी, उत्फुल्लता और अन्यमनस्कता, प्रफुल्लता और विह्वलता के बाद भी वह संतुलन को नहीं खोने देती। वह निश्चय कर चुकी थी, कि उसे एक योग्य पति की कार्यशील गृहिणी का पद प्राप्त करना है। धीरे-धीरे वे दिन में भी उससे प्राय: मिला करते। रात तो प्रेमी-प्रेमिका की होती ही है। जब दोनों एकसाथ होते, वैसे ही विनोद की कलियाँ खिलतीं, आनंद की चिड़ियाँ चहकतीं। रँगरलियों की सरिता में बाढ़ आती, सारा जीवन, सारा जगत रसमय हो जाता। लेकिन इस बाढ़ के बीच भी उसे सीमा का ज्ञान रहता, मर्यादा का खयाल होता। ज्वार के बाद जब भाटा आता, उस समय वह मर्यादा का और भी खयाल रखती।

वह थोड़ी सी पढ़ी-लिखी थी, किंतु उन्हें इतने ही से कहाँ संतोष? जो 'उनकी' छुट्टियाँ होतीं, वे अब 'उसकी' पढ़ाई की सीजन होतीं। बाजाप्ता क्लास ही समझिए। वह किताब लेकर बैठी है, वे अध्यापक की तरह उसे पढ़ा रहे हैं, लिखा रहे हैं। गलतियाँ दुरुस्त कराई जा रही हैं, सही पर शाबाशियाँ मिल रही हैं। लेकिन अगर एक ही गलती को

बार-बार दुहराया जाता है, तो झिड़कियाँ तक सहनी पड़ती हैं। कभी-कभी दो-एक मीठी चपत भी।

"और रानी, अगर फिर भी गलती हुई, तो कनेठी मिलेगी।" हँसकर बोलते।

"मास्टर साहब, गाल से कान ज्यादा सुकुमार नहीं होते।" वह चुनौती देती।

"अच्छा, तो अब मजा चखोगी?"

"क्या आज तक के मजे से भी ज्यादा मजेदार होगा वह?"

"खैर, वकालत पीछे होगी, अभी पाठ की ओर ध्यान दो।"

"कोई सामने बैठकर जो बार-बार ध्यान तोड़ देता है!"

यों ही कभी-कभी काफी चुहलें हो जातीं।

उसने पढ़ने-लिखने में काफी उन्नति की। उसकी मेधा की वे तारीफ करते; कहते, तुम्हें यह पास कराऊँगा, वह पास कराऊँगा। वह कहती, नहीं, मुझे पास-फेल के दलदल में नहीं पड़ना है, आप पढ़ाते जाइए, मैं पढ़ती जाती हूँ। पास की जिम्मेदारी एक ही की रहे, आप पास करते जाइए, आगे बढ़ते जाइए; आप हाकिम बनिए, मैं हाकिम पर हुकूमत करूँगी। रानी, तू तो बड़ी बातूनी है, वे कहते, हँसते, कभी चपतियाते, कभी हृदय से लगाते। दिन भागे जाते, महीने भागे और इसी हँसी-खुशी में कई बरस पीछे छूट गए, जब इस पर ध्यान जाता, आश्चर्य होता। एक-दो-तीन, अरे, सचमुच हमें एक साथ रहते तीन बरस बीत गए!

यह चौथा साल कितनी बड़ी खुशखबरी लेकर आया। उन्होंने बी.ए. किया, यूनिवर्सिटी में अव्वल आए। अव्वल लड़के को डिप्टीगीरी तो आप-आप मिलती है, चारों ओर चर्चा होने लगी। जब वे शहर से आए, गाँव के क्या कहने, अड़ोस-पड़ोस के लोगों ने बधाइयों-पर-बधाइयाँ दीं। उनके कुछ दोस्त भी आए। दिन भर दरवाजे पर भीड़ लगी रहती, धूम मची रहती। घरवालों के आनंद का तो कहना ही क्या? बड़ी-

बूढ़ियाँ उसके भाग्य की प्रशंसा करतीं—सुलक्षिणी बहू इसी को कहते हैं। ननदें और देवर कहते, ''भौजी, भैया हाकिम होंगे, तुम शहर में जाओगी, हमें भी लिये चलोगी न!''

''मैं आप लोगों को छोड़कर जाऊँगी ही नहीं।'' उसके ऐसा कहने पर वे खुश होते, बोलते, ''हाँ भौजी, हमें छोड़कर मत जाना। तुम रहोगी, तो भैया भी दौड़े-दौड़े आया करेंगे।''

''क्या आपके भैया मेरे ही लिए आते हैं?''

''आते चाहे जिनके लिए हों, लेकिन ज्यादातर रहते तो तुम्हारे ही साथ हैं न।'' उनके बाल-सुलभ व्यंग्य में वह कितना आनंद अनुभव करती।

इन्हीं बधाई देनेवालों में उसके नैहर से एक दिन एक आदमी आकर खबर दे गया, उसके बाबूजी आ रहे हैं। उसका कन्यादान दादी ने किया था, किंतु प्रचलित प्रथा से प्रभावित उसके पिता शादी के बाद आज तक उसके यहाँ नहीं आए थे। किंतु इस असीम आनंद ने उनकी मर्यादा की सीमा भी तोड़ दी। अपनी दुलारी बेटी का यह सौभाग्य देखने के सुख से अपने को वंचित करने की हिम्मत वे नहीं कर सके। वे आए, उनका अपूर्व आगत-स्वागत हुआ। कई दिन रहे, उसे और उसके घरवालों को कृतकृत्य करते रहे और चलते दिन उसके घरवालों से वचन लेकर गए कि हम दोनों को उनके यहाँ तुरंत भेजा जाएगा।

आज भी उसे रोमांच हो रहा है, उन दिनों की याद में, जब वह 'उनके' साथ नैहर गई थी। यों तो दो-तीन बार वह नैहर से हो आई थी, किंतु इस बार की बात निराली थी। भाई बुलाने आया था। आगे-आगे हाथी पर अपने प्यारे साले के साथ वे थे, पीछे-पीछे खड़खड़िया में आठ कहारों द्वारा ढोकर वह ले जाई जा रही थी। खड़खड़िया में ओहार लगा था, वह बिलकुल पर्दानशीन महिला की तरह जा रही थी। कुछ ही देर पहले दोनों मिलकर चले थे, कुछ ही देर बाद दोनों फिर मिलेंगे, तो भी,

न जाने कौन सा कौतूहल था कि जब उसे ऐसा लगता कि यह सुनसान और निर्जन स्थान है, जरा ओहार सरकाकर वह देखने की कोशिश करती, वे कहाँ हैं, कितनी दूर पर हैं? कैसे लगते हैं? उसे कुछ ऐसा अनुभव होता कि अभी–अभी, पहले–पहल, उसने उन्हें देखा था और पहली झलक के बाद ही वे जैसे उसकी आँखों से ओझल हो गए हों। अपनी शादी की बरातवाली शाम को जैसी व्याकुलता का अनुभव उसे अपने आँगन में हुआ था, वही व्याकुलता आज वह इस भरी दुपहरिया में, नैहर के रास्ते में, इस ढाई हाथ की खड़खड़िया में अनुभव कर रही थी।

एक पखवारा वह नैहर में रही। दादी, माँ, काकी, गाँव की बड़ी-बूढ़ी सबने आशीर्वादों से उसे ढाँप सा दिया। जहाँ जाती, उसके सौभाग्य की प्रशंसा होती। जिस भावज ने उस दिन उसकी दिल्लगी की थी, वह तो जैसे कट सी गई। "दुलारी बबुई, माफ करना, मैंने तुम्हें साधारण दुलहन समझने की गलती की थी। तुम धन्य हो, तुम्हें पति भी वैसे ही मिले हैं। दोनों जीयो, जीयो, खुश रहो, फलो–फूलो।" 'उनकी' आवभगत का भी क्या पूछना? एक तो दामाद, प्यारा दामाद! फिर असाधारण दामाद, जो दामाद अब हाकिम बनेगा! हाकिम!

जिसका नाम लेकर हम इज्जत पाएँगे, मुकदमे जीतेंगे। "हाँ, कौन हाकिम होगा, जो इस हाकिम दामाद का नाम सुनकर रियायत न करे।" यह बाबूजी नहीं कहते, गाँव के साधारण लोग भी कहते। नामवर दामाद सबका दामाद होता है न?

नैहर से लौटने के बाद अब यह चर्चा शुरू हुई कि वे करेंगे क्या? क्या डिप्टीगीरी लेंगे? लोगों की, सबकी यही राय थी। किंतु उन्होंने नाहीं कर दी। उन्होंने कहा, नहीं, अभी मैं और पढ़ूँगा, एम.ए. तो कर लूँ, उसके साथ ही बी.एल. भी! फिर देखा जाएगा। नौकरी क्या कहीं भागी जाती है? किंतु पढ़ाई छोड़ने पर फिर उसकी ओर ध्यान कहाँ जाता है? लोगों को उनका यह तर्क पसंद नहीं था। घरवाले और भी

उकताए हुए थे। वे चाहते थे, जल्दी नौकरी लगे, कुछ बाहरी आमदनी आए, कर्ज से छुटकारा हो, कारोबार बढ़े, बढ़ाया जाए। जब उन लोगों की बात पर उन्होंने नहीं कान किया, तब उस पर जोर डाला गया कि वह उनसे कहे। घरवालों से छिपा नहीं था कि वे उसे कितना प्यार करते, कितना मानते। उसने उन लोगों से कह तो दिया कि वह कहेगी; किंतु क्या उसने कभी इसकी चर्चा उनसे की? वह तो उनकी बुद्धिमानी पर इस तरह फिदा थी कि उनकी हर बात में हाँ करना, उनकी हर राय में स्वीकृति देना अपना कर्तव्य समझने लगी थी। वे जो कहते हैं बिलकुल सही और दुरुस्त कहते हैं। नौकरी कहाँ भागी जा रही है? उनकी उम्र ही क्या हुई है? घरवाले स्वार्थ में अंधे हो रहे हैं, स्वार्थ दूर तक कहीं देख पाता है? नजदीक की चीज भी क्या वह सही-सही देख पाता है? नहीं, नहीं, अगर वे चाह रहे हैं, तो उन्हें पढ़ना चाहिए। एक दिन घर से जाने के पहले उन्होंने ही उससे पूछा, "तुमने नहीं बताया रानी, कि तुम्हारी क्या राय है?" "जो आपकी राय, वही मेरी" वह इतना कहकर ही पिंड छुड़ाना चाहती थी, किंतु उन्होंने माना नहीं। बात बढ़ाई और तर्क एवं युक्ति से उसके दिल में बिठा दिया कि उसकी, अपनी और अपने घरवालों की भलाई की दृष्टि से भी उनके लिए यही उचित है कि वे पढ़ाई जारी रखें।

हँसी-खुशी में वे आगे अध्ययन के लिए घर से चले। घरवालों ने चातक की तरह उनकी ओर देखना शुरू किया। ईमान की बात है, वह भी उनके भविष्य को जल्द-से-जल्द सफल और सुफल देखने के लिए कम उत्सुक नहीं थी। किंतु उसके घरवाले क्या जानते थे कि जिस बादल की ओर वे पपीहा की तरह ध्यान लगाए हुए हैं, वहाँ स्वाती-बूँद के बदले कुछ दूसरी ही चीज की सृष्टि हो रही है? वह भी क्या जानती थी कि जिस वृक्ष की डाल की ओर फल की आस में वह एकटक आँखें गड़ाए हुई है, वहाँ नियति कुछ दूसरा ही फल रच रही है! वह चकित,

स्तंभित रह गई; घरवाले विह्वल, मूर्च्छित हो गए; सभी हित-कुटुंब, मित्र-बाँधव भौचक से रह गए, जब उन्होंने सुना···

□

बाहर इस समय थोड़ी वर्षा होने लगी थी। जो थोड़ा सा बादल उसने थोड़ी देर पहले क्षितिज पर देखा था, उसने समूचे आसमान को ढाँप लिया था। बिजली चमकने लगी थी, हवा जोर से चल रही थी, पानी की बूँदों के साथ-ही-साथ छोटे-छोटे ओले गिरकर डब्बे की छत और खिड़कियों पर शब्द कर रहे थे। एक यात्री ने कहा, रब्बी चौपट हुई, दूसरे ने कहा, आम का सफाया हो गया। यह बिजली, अब तो बौर में आम लग नहीं सकते! क्या उस दिन भी इसी तरह की बातें उसके घर-बाहर नहीं कही गई थीं? उन दिन का वह दृश्य, उफ, कैसा करुण चित्र!

□

10. तूफान

हाँ, वह तूफान ही था, जो अपने सभी साधनों से लैस होकर आया था—बादल, बिजली, ओले, क्या-क्या नहीं? वह तूफान जिसने उसकी हरी-भरी, लहलही खेती को रौंद डाला, मसल डाला, कुचल डाला; जिसने उसकी बौर-भरी डाली को झकझोर डाला, मरोड़ डाला, तोड़ डाला; जिसने उसके प्राचीन प्रतिष्ठित घर की दीवार दरका दी, छत उड़ा दी, घरवालों को बेभरम और बरबाद कर डाला; जिसने उसके आशाभरी, उल्लासमयी जिंदगी को किस बुरी घड़ी में, जमीन से अलग कर दिया कि वह आज तक तुच्छ तिनके की तरह यहाँ-से-वहाँ, इधर-से-उधर, मारी-मारी फिर रही है! कई बार उसने कोशिश की, कई बार उन्होंने कोशिश की, जरा ठोस जमीन पर उतरा जाए, घर बने, खेती हो, बगीचे लगें, किंतु आज तक वह न हुआ, न हुआ! बार-बार जमीन पैर के नीचे से खिसक जाती रही, हवा का महल हवा में मिल जाता रहा। क्या आसमान की खेती जमीन पर फूल बरसाती और फल टपकाती है?

उसको अच्छी तरह याद है उस दिन की एक-एक बात! उनके चाचाजी आँगन में आए, रोनी सी सूरत बनाए और उन्होंने जब उस दुस्संवाद की घोषणा की, समूचे घर पर मुर्दनी सी छा गई। जितनी ही बड़ी आशा बँधी थी, उतनी ही बड़ी यह निराशा की खबर थी। मानो स्वर्ग पहुँचते-पहुँचते त्रिशंकु जमीन पर ढकेल दिया गया हो और वह औंधे सिर नीचे

आ पड़ा हो। त्रिशंकु के लिए कम-से-कम यह तो गनीमत हुई कि वह अधर में ही लटका रह गया, इस पृथ्वी के लांछन, अपमान और अभिशाप देखने को नहीं लौटा। किंतु यहाँ तो स्वर्ग से सिर्फ पृथ्वी तक ही रहने की बात नहीं रही, पैर के नीचे की जमीन भी धँसी जा रही थी, नरक की भट्टी मुँह खोले लीलने को तैयार थी! अरे, यह क्या हुआ? अभी कुछ दिन हुए, वे गए थे क्या-क्या कहकर, क्या-क्या अरमान लिये हुए, लोगों को क्या-क्या सुख-स्वप्न दिखलाकर? और अचानक उन्होंने यह क्या कर लिया? चाचाजी अपनी आँखों के आँसू तक नहीं रोक सके। जहाँ उनकी आँखों में बूँदें थीं, वहाँ घर की औरतें खारे पानी के झरने बहाते जा रही थीं। हाँ, बोली किसी के मुँह से नहीं निकल रही थी। भावनाओं का ज्वार जबान पर ताला डाल देता है न?

और उस समय उसकी अपनी हालत कैसी हो रही थी? काटो तो खून नहीं। हृदय में तूफान, दिमाग में धुआँ, नसों में खून की जगह बिजली की धारा दौड़ रही थी। वह थोड़ी देर अपने घर के दरवाजे पर, किवाड़ की आड़ में खड़ी, सबका मुँह देखती रही, फिर जैसे उसके पैर आप-ही-आप उखड़ गए, वह धम्म से पलंग पर आकर गिर पड़ी औंधे मुँह, मुँह के बल। क्या वह रो रही थी? क्या वह सो रही थी? उसे मालूम नहीं, कब तक इसी तरह पड़ी रही कि, उसने पाया, उसका देवर, वही जो सामने बैठा है, उस समय छोटा बच्चा, प्यारा, दुलारा, भला, भोलाभाला था, उसे जगाने, उठाने की कोशिश कर रहा है। और अपने प्रयत्न में असफल होता, कुछ झुँझला रहा, झल्ला रहा, उकता रहा, बेचैन हो रहा;

"भौजी, ओ भौजी, उठती नहीं, सो रही हो, ओह, रो रही हो! रोओ नहीं, ऊँह, यह क्या, अरी, ओ उठो, लो लो, यह लो, भैया ने तुम्हारे लिए चिट्ठी भेजी है। भैया ने तुम्हारे लिए चिट्ठी, चिट्ठी!"

"चिट्ठी, चिट्ठी, भैया ने"। शायद वह चिल्ला उठी थी। झपटकर

उठी, उस रुआँसे बच्चे से चिट्‌ठी ली और जब खोलकर पढ़ने बैठी…

शायद तीन बरसों से जान धुनकर उसे इसीलिए पढ़ाया जा रहा था, कि वह उनकी इस चिट्‌ठी को पढ़ सके, समझ सके। यह चिट्‌ठी थी या जिंदगी भर की तकलीफों का दमामी पट्टा था। पढ़ पगली, पढ़, एक बार पढ़, दो बार पढ़, फिर पढ़, पढ़ ले, जब तक इसके एक-एक शब्द याद नहीं हो जाएँ—

"रानी, मेरी रानी, मेरी प्यारी रानी,

तुम्हारे पास यह चिट्‌ठी भेजते हुए मेरे हृदय और दिमाग की क्या हालत हो रही है, क्या तुम कुछ भी अनुभव कर सकती हो? तुम्हें यह चिट्‌ठी लिखूँ या नहीं; लिखूँ तो क्या लिखूँ, कैसे लिखूँ? लंबे तर्क-वितर्क के बाद कागज-कलम लेकर बैठा भी हूँ, तो कागज ठीक से रख नहीं पाता, कलम ठीक से पकड़ में नहीं आती, हाथ ठीक से काम नहीं करता, दिमाग जवाब देने लगता है, हृदय तक अज्ञात बोझ से दबा जाता है! भावनाओं की इस धमाचौकड़ी में बेचारी बुद्धि काम कर नहीं पाती, ज्ञान कहाँ उड़ा जा रहा है? जरूर ही इस चिट्‌ठी के पहले तुमने खबर सुन ली होगी, खबर बे-पर की चिड़िया! अपनी रफ्तार में डाक, तार सबको पीछे छोड़ देती है।…वह किसी-न-किसी तरह इस चिट्‌ठी से पहले पहुँच ही चुकी होगी। और इस खबर के बाद जब कल्पना करता हूँ…

"तुम्हारी क्या हालत हुई होगी? मानो किसी ने आसमान से नीचे पटक दिया हो; मानो किसी ने पैर के नीचे की जमीन छीन ली हो! तुम खड़ी हो, देख रहा हूँ, तुम खड़ी हो, विषण्ण बदन, आँचल नीचे खिसक पड़ा है, बाल की कुछ लटें आप-से-आप बिखरकर अकाल के बादल की तरह तुम्हारे चंद्रमुख को ढकने की कोशिश कर रही हैं, ललाट पर पसीने की बूँदें, आँखों में पानी का झरना! होंठ हिल रहे, मुँह से आवाज नहीं आ रही! खिले कमल से चेहरे पर मानो अचानक तुषारपात् हुआ हो। और यह क्या? तुम्हारा समूचा शरीर हिल रहा है, ज्वरग्रस्त कपिला

गाय की तरह। तुम अपने को सँभाल नहीं पातीं, बेहोश हुई जाती हो, आखिर वहीं···

''तुम बेहोश पड़ी हो, उस निर्जन, एकाकी गृह में। क्योंकि घर के और-और लोगों की भी मनोदशा ऐसी नहीं कि कोई किसी को धैर्य दे सके। समूचे घर में शोक का राज है। बड़े-बूढ़े, औरत, मर्द, बच्चे सब पर उदासी की घनघोर घटा छाई है। यह मैंने क्या किया? क्या मेरे लिए यही उचित था? क्या यह धोखा नहीं है? घरवालों को धोखा, जिन्होंने इतने रुपए खर्च करके मुझे पढ़ाया-लिखाया, मुझ पर इतनी उम्मीदें बाँधीं। सबसे बढ़कर रानी तुमको धोखा! हाँ, जरूर तुम मुझे धोखेबाज समझती होगी। सोचती होगी, ऐसे निर्णय पर पहुँचने के पहले जरा मुझसे पूछ भी तो लिए होते···

''सच कहता हूँ, रानी, जब-जब तुम्हारे चेहरे और घरवालों की मनोदशा की ओर ध्यान देता हूँ, मालूम होता है, मैंने गलती की है, अपराध किया है। यह उचित नहीं था। शायद जल्दबाजी तो मुझसे नहीं हो गई···

''किंतु जब-जब ऐसा सोचने लगता हूँ, उसी क्षण एक बुढ़िया का चेहरा मेरे मानस-नेत्रों के सामने आकर प्रतिबिंबित हो जाता है। एक वृद्धा, जर्जर वृद्धा! गलित-गलित अंग, झुर्रियों से भरे उसके चेहरे को आँखों की गंगा-जमुना सिर्फ धोना नहीं चाहती, बहा ले जाना चाहती हो। अस्त-व्यस्त उज्ज्वल बाल, गले में हिचकियों का ताँता। किस करुण दृष्टि से वह मेरी ओर ताक रही है! क्या उस दृष्टि में सिर्फ करुणा ही है? करुणा-मात्र रहती, तो सहानुभूति की दो बूँदें बहाकर संतोष कर लिया जाता। इस दृष्टि में तो उपालंभ है, उलाहना है, ताना है। बेटा, क्या मेरी यह गत तुमसे देखी जाती है? तुम्हारे अछत मेरा यह हाल? बेटे के सामने माँ लूटी जा रही हो, अपमानित की जा रही हो और बेटा टुकुर-टुकुर देखा करे? क्या यह कभी संभव है? अभी तक

मेरी गत इसलिए थी कि शायद तुम्हारी नजर मेरी ओर नहीं थी। किंतु जब तुम सामने हो, तुम्हारे सामने यह सब हो? नहीं, नहीं, ऐसा हो नहीं हो सकता मेरे बेटे!···

''उफ रानी, मेरी रानी, बताओ, मैं कैसे उसे इस दशा में छोड़ूँ? तुम्हारे सामने तुम्हारी मैया पर ऐसी मुसीबत आए और वे आकर तुमसे विपदा सुनाए, तो तुम स्त्री हुईं तो क्या, मेरी तेजस्विनी रानी, मुझे यकीन है, तुम भी अपनी सारी स्थिति, मर्यादा भूलकर उनकी मदद में जान पर खेल जाओ। मैं तो पुरुष ठहरा। ऐसी पुकार पर भी जिसका हृदय न पसीजे, उद्वेलित न हो, मैं समझता हूँ, वह पुरुष की क्या बात, मनुष्य भी नहीं! उसे पुरुष या मनुष्य कहना मनुष्यता और पौरुष का अपमान करना है।

''कहोगी, वृद्धा कौन है? कहाँ से आकर मेरे सामने यह अचानक खड़ी हो गई? बिना किसी बड़ी भूमिका के सुना दूँ। वह सिर्फ मेरी नहीं, हमारी-तुम्हारी सबकी माता, हमारी देश-माता, भारत-माता है। कभी इसके भी दिन थे, कभी इसकी भी शान थी। जब इसके मस्तक के रत्न-किरीट के प्रकाश में संसार प्रकाशित था, जब इसके पद पर संसार रत्नांजलि अर्पित करता था। आज वह भिखारिणी है। सिर्फ भिखारिणी ही नहीं, बंदिनी! अब तक चेहरा ही देख रही थीं तुम, अब जरा उसके पैर की ओर देखो, हाथ की ओर देखो। वे लोहे की जंजीरें, वे वज्र-शृंखलाएँ।

''रानी, रानी, हमें धिक्कार है, जो अपनी माँ को इस स्थिति में छोड़कर हम स्वयं आमोद-प्रमोद, सुख-चैन में मस्त और व्यस्त रहें। अब तक हमारी आँखों में पट्टी बँधी थी, हम अपनी माँ को, उसकी दुर्दशा को देख नहीं पाते थे। धन्य कहो, धन्य कहो, उस महात्मा को, जिसने हमारी यह पट्टी खोल दी है। और जब वह पट्टी खुल गई, तो फिर हम पट्टी-बँधे बैल की तरह अपने सुख-चैन के कोल्हू में चक्कर काटते हुए, उस अमूल्य मानव-जीवन को बरबाद कर नहीं सकते···।

''यह कहना भी फिजूल है कि तुम मुझे प्यारी हो! रानी, तुम्हारा

हृदय ही साक्षी होगा, मैं तुम्हें कितना प्यार करता हूँ! तुम्हारे सुख के लिए, तुम्हें आराम और चैन में रखने के लिए मैं सबकुछ कर सकता हूँ, किंतु मैं समझता हूँ, जैसी स्थिति आ गई है, तुम भी चाहोगी कि पहले मैं इस मातृ-ऋण से उऋण हो लूँ। जब तक सिर पर ऋण का बोझ है, आदमी पनप नहीं सकता, हमारा अपना घर इसका उदाहरण है। क्या यह अच्छा नहीं कि मैं इस ऋण से मुक्त हो लूँ? तुमने सुना ही होगा, सिर्फ एक वर्ष की बात है? उस महात्मा ने कहा है, बस, मेरी बातें मानो, एक वर्ष में स्वराज्य लेकर दिखला देता हूँ··· सिर्फ एक वर्ष। फिर तो अपनी दुनिया, हमारी-तुम्हारी दुनिया है ही! माता बंधनमुक्त होगी। देश आजाद होगा। एक नया समाँ होगा। एक नया संसार होगा। हम नए संसार में रहेंगे। फिर हमारा परिवार होगा, हम होंगे, सानंद रहेंगे, स्वच्छंद विचरेंगे। ओहो! कैसे वे दिन होंगे, कैसी वे रातें होंगी, कल्पना करो, रानी···

"मेरी रानी, घरवाले इस खबर से बहुत ही व्याकुल होंगे। इन तीन-साढ़े तीन वर्षों में तुमको तो ऐसा बना भी लिया है कि तुम्हें समझा सकूँ। किंतु उन्हें! उन्हें कैसे समझाऊँ, समझ में नहीं आता! इसलिए, चाचाजी को सिर्फ एक छोटा सा क्षमा का पत्र लिख दिया है। अब यह तुम्हारा काम है कि मेरी ओर से उन्हें संतोष और धैर्य दो। घर की स्त्रियों के मन को अगर तुमने ठीक कर लिया, तो फिर बाहर तो आप-आप सब दुरुस्त होगा। रानी, तुम्हें स्वयं ही धैर्य नहीं रखना है, तुम्हें मेरी मदद भी करनी है, खासकर इस काम में···।

"मैं चाहता था, जाऊँ, तुमसे मिलकर समझा दूँ, घरवालों को भी धैर्य दे लूँ; किंतु एक तो इस समय शायद सिर्फ समझाने-बुझाने से काम नहीं चलने का। नया घाव है, गहरा घाव है, ताजा चोट है, मर्मस्थल की चोट है। इसे समय का मरहम ही भर सकता है। अतः कुछ दिन के बाद ही आने की सोच रहा हूँ। फिर काम की जो भीड़ है, उसकी कल्पना भी तुम नहीं कर सकती। तुम यह न समझो, पढ़ने-लिखने से फुरसत पाकर

मैं सैर-सपाटे में मस्त होऊँगा। ठीक इसके विपरीत बात है, रानी। समझो, मैंने अपने को एक तूफान के बीच में डाल दिया है, चारों ओर हूहू-हाहा, कहीं घर उजड़ रहे हैं, कहीं पेड़ गिर रहे हैं, गर्द-गुबार से वायुमंडल व्याप्त है, एक झोंका उधर पटक देता है, दूसरा झोंका फिर इधर घसीट लाता है और इन सबके बीच अपने रास्ते पर बढ़े चलना है! हमारी सफलता इसी पर निर्भर है कि इस हंगामे में भी हम कहाँ तक अपनी राह को अच्छी तरह देख सकते हैं, उस पर दृढ़ता से बढ़ सकते हैं···

"अतएव, मेरी प्यारी रानी, तुम क्षमा करना। आने में विलंब हो, तो घबराना नहीं। मेरे लिए चिंता तो बिलकुल ही नहीं करना। तुम्हारा प्रेम मेरे लिए हमेशा ढाल का काम करेगा, उसकी छाँव में मैं हमेशा निश्चिंत सोऊँगा। हाँ, मुझे घरवालों के लिए थोड़ी चिंता है। सो देखना, देखना, ओ मेरी प्राण से प्यारी रानी···"

हाँ, यों ही तो उनका वह पत्र था। उसकी आँखों के सामने आज भी तो उस पत्र के अक्षर जगमगा रहे हैं। यह आश्वासन का एक अजीब तरीका था। जिसे सबसे ज्यादा आश्वास की जरूरत थी, उसी पर यह बोझ डाला गया, कि वह दूसरों को आश्वासन दे। यह क्या कोई न्याय था? किंतु क्या उसके लिए यह कर्तव्य नहीं कि उनके वचन का पालन करे? उसने धीरे-धीरे अपने मन को शांत किया और वह धीरे-धीरे उनकी ओर से घर की स्त्रियों से वकालत भी करने लगी। समझाती, बुझाती, धैर्य देती, ढाढ़स बँधाती। उसने देखा, वह कुछ सफल भी हो रही है कि एक नई खबर आई, वे गिरफ्तार हो गए! और तूफान का यह झोंका इतना बड़ा, इतना प्रबल था कि अब उसके लिए भी संभव न था कि वह खड़ी रह सके। वह गिरी और उठी उसी दिन, जब उसने देखा, वे आकर उसे उठा रहे हैं···

□

तेजी से भागी जानेवाली गाड़ी, उसने पाया, अब एक स्टेशन पर खड़ी

है। लोग उतर रहे हैं। अधिकांश लोग उतर गए। उसका देवर उसे ध्यानमग्न देख, उसके नजदीक आकर कह रहा है, ''भौजी, उठिए न, बिस्तर बिछा दूँ। जरा लेट जाइए। बड़ी भीड़ थी। जरा कमर तो सीधा कर लीजिए।'' वह चौंककर उठी। बिस्तर बिछाया गया। बच्ची को गोद में चिपकाकर वह लेट गई। आँखें बंद कीं। आँख बंद थीं, किंतु वह देख रही थी···

□

11. मान

वह पड़ी हुई है, वह उसे उठा रहे हैं, मना रहे हैं। न जाने क्यों, उस दिन एक अजीब मान उसके दिल में पैदा हुआ। जो मान, पहली रात में, पहली मुलाकात में, न जाने कहाँ सोया पड़ा था, इन तीन-चार वर्षों के विवाहित जीवन में जिस मान की छाया भी उसने नहीं देखी थी, वही मान उसके हृदय पर अधिकार कर बैठा, उस दिन, जब कि एक वर्ष की जुदाई के बाद वे उसके घर में आकर खड़े थे! वे, उन्हीं के शब्दों में, तपोभूमि से लौटे थे। घरवालों ने आँसू के हार से स्वागत किया, परिजन-पुरजन ने आरती और माला से अभिनंदन किया। उसके दरवाजे पर भीड़ लग गई। वे मानव होकर भी मानवेतर हो चुके थे। उनके त्याग और तपस्या की चर्चाएँ हो रही थीं। एक कोलाहल सा मचा था। इस भीड़भाड़ से निबटकर जब वे आँगन में आए और बड़ी-बूढ़ियों से आशीर्वाद पाने लगे, उसके मन में न जाने क्यों एक अजीब भावना पैदा हुई। मैं कौन होती हूँ उनकी? उन्हें मेरी क्या परवाह? मुझे अथाह सागर में छोड़कर कैसे वे तैरते बढ़ गए। आज लौटे हैं, देवता होकर! गले में मालाएँ पड़ रही हैं, कर्पूर की आरतियाँ हो रही हैं। भगवान के नए-नए भक्त हैं; मैं कौन होती हूँ भला? मेरे घर आ रहे हैं, एक लोकलाज निबाहने। अगर मेरी जरा भी चिंता होती, तो यों मुझे भूलकर, तपस्या में लीन हो जाते! मैं अबला, मैं नारी। नारी तो तप-भंग

की सामग्री है न? तपस्वियों को नारी से अलग ही रहना चाहिए। मैं क्यों उनके तप में आड़े आऊँ? मन, चल दूर हट···

यों ही अंट-संट सोचती, वह पलंग पर जा लेटी। आँचल से मुँह को ढाँप लिया। आँचल का छोर यों दाब दिया, कि चेष्टा करने पर ही मुँह उघाड़ा जाए। वे घर में घुसे। उनकी पग-ध्वनि उसने सुनी, पहचानी। उन्हें कितना आश्चर्य हुआ होगा, यह देखकर? शायद उन्होंने सोचा होगा, रानी, किवाड़ की ओट में खड़ी प्रतीक्षा कर रही होगी। ज्योंही पहुँचूँगा या तो लिपट रहेगी या पैरों पर लेट जाएगी। किंतु, यह क्या? यह तो पलंग पर पड़ी हुई है? वह धीरे-धीरे पलंग के निकट आए, पुकारा, रानी, रानी! किंतु रानी सोई थी क्या, जो आवाज सुनकर जग जाए? वे पलंग से सट गए, एक पैर पलंग के ऊपर रखा और हाथ आँचल की ओर बढ़ाया। हाथ बढ़ाते हुए बोले, "समझा, रानी समझा! तू नाराज है मुझ पर। वाजिब ही है तेरी नाराजगी। मैंने अपराध किया। किंतु इस समय माफी माँगने की भी सुध नहीं है, पगली। आ, उठ, पहले तुझे हृदय से लगा लूँ। देख तो, यह मेरा दिल, तुमसे मिलने को कैसा अकुला रहा है, धड़धड़ किए हुए है।" उन्होंने उसका हाथ खींचा और उसे घसीटकर अपनी छाती पर ले गए। उसका हाथ उनकी छाती पर; उनका मुँह उसके आँचल पर! उच्छ्वास की गरमी, चुंबन की बिजली! उसका मान पानी-पानी हो रहा। आँचल न जाने कहाँ विलुप्त हो चला। उसने पाया, वह उठाई जाकर उनकी गोद में है।

जब आँखों का ज्वार-भाटा खतम हुआ, उसने उनके मुँह की ओर देखा। अरे, यह क्या? वे इतने दुबले? ललाट पर शिकन, आँखों के गोलक धँसे, गाल पिचक गए, नाक कुछ अधिक उभर आई है; अरे, यह क्या? वह आँख फाड़-फाड़कर देख रही थी, चकित, विस्मित, भयभीत! और, वे···वे मुसकरा रहे थे।

"क्यों रानी, क्यों? मैं दुबला हो गया हूँ यही न? तो, यह कौन सी

बात है भला? जहाँ चार दिन तुम्हारे हाथ से खाया और चार दिन तुम्हारे पास रहा; फिर वही मुटाई, वही ललाई! रंग रंग भी तो देता है। क्यों?" वह चुप थी और वे आँखों से मुसकराते और होंठों से अमृत की वर्षा किए जा रहे थे। जब कुछ देर के बाद वह कुछ आश्वस्त हुई, बोली, "तपस्वी को नारी से अलग ही रहना चाहिए, तपभ्रष्ट मत होइए।"

उन्होंने कहा, "ओहो, अब समझा? यह मान नहीं था, मेरा कल्याण था, जो मेरी रानी को यों यहाँ सुलाए हुए था! वाह री मेरी रानी!" बात जारी रखते हुए उन्होंने आगे कहा, "किंतु रानी, यह विश्वामित्र की तपोभूमि नहीं है; यह तो जानकी का केलि-मंदिर है, जहाँ की ध्यान-धारणा, अशन-आसन सबकुछ दूसरा ही है।"

और इसके बाद...

उफ, उसका पिछला वर्ष कैसा बीता था। ध्रुवदेश में छह महीने का दिन और छह महीने की रात होती है, सुनते हैं; किंतु यहाँ तो यह एक पूरा वर्ष उसके लिए रात-ही-रात रहा है। रात, अमावस्या की रात, अमावस्या भादों की। चारों ओर अंधकार-ही-अंधकार, जब बिजली कौंधकर प्रकाश नहीं देती, अंधकार की भयानकता को और बढ़ाती है। आसमान में एक तारे तक के दर्शन नहीं, तमाम बादल छाए हुए। रात भर टिप-टिप, टिप-टिप, खुलकर बरसे तो जी कुछ हलका भी हो जाए। अजीब उमस। उफ री, वह काली, भयानक, भयावह रात। और आज की रात, ऐसी रात सब सुहागिन की हो; दिन न हो, रात-ही-रात। इस एक ही रात में जैसे उन्होंने जादू फेरकर बारह महीने की अनगिनत रातों की व्यथा को, न जाने किस तरह, हवा कर दिया। दूसरे दिन जब वह उठी, उसकी आँखों में नई रोशनी थी, उसके पैरों में पुराना बल था; आईने में देखा, गालों पर गुलाबी दौड़ गई थी, होंठों पर ईंगर मुसकरा रहा था और आँखों की पुतली कठपुतली सी ता-थेई नृत्य कर रही थी।

दिन में उन्हें भी उसने गौर से देखा। वे दुबले हो गए थे जरूर,

लेकिन समूचे शरीर से एक ज्योति सी निकलती। कभी-कभी उसे ऐसा लगता, जैसा कि उसने देवताओं के मुखड़ों के चित्रों में देखा था, उनके चेहरे से ज्योतिःस्फुलिंग निकलकर एक वृत्त बनाए हुए है। वह वृत्त क्रमशः फैलता जाता है। उस वृत्त के भीतर उनका चेहरा कैसा अपूर्व मालूम होता! वह कई बार उसे देखती ही रह जाती—आत्मविस्मृत, आत्मविभोर! उसे इस तरह निर्निमेष दृष्टि से देखते हुए पाकर उन्होंने कई बार पूछा भी, "यह क्या है रानी, यों घूर क्यों रही हो? मैं दुबला हूँ, यही न?" कहकर मुसकरा पड़ते। वह बोलती क्या भला, होंठों का जवाब होंठों से ही देने की चेष्टा भर करती।

थोड़े ही दिन वे रह पाए थे कि एक दिन शहर से कुछ 'बड़े-बड़े' लोग उसके दरवाजे पर आ पहुँचे और उन्होंने खबर की, वे उन्हीं के साथ जा रहे हैं। जा रहे हैं? क्यों, कहाँ? क्या एक वर्ष की तपस्या पूरी नहीं हुई? अब तो फिर पढ़ना है, घर देखना है। डिप्टीगीरी न हुई, वकालत ही सही। वही पढ़िए, दो वर्ष क्या चीज है? किंतु उन्होंने इन बातों को हँसी में उड़ाना चाहा। पर, उनकी मानिनी रानी माने तो। उसने जिद की, "मैं आपको नहीं जाने देती; मैं नहीं जाने दूँगी। पहले मुझे बता दीजिए, आप क्या करना चाहते हैं, कहाँ जाना चाहते हैं? एक बार मैं धोखा खा चुकी, मैं अब आपको नहीं छोड़ती।" शब्द ही नहीं थे, एक-एक शब्द के साथ आँसुओं की शत-शत बूँदें भी थीं। वे तैयार होकर उससे मिलने आए थे। सिर से टोपी उतारकर उसके हाथों में रख दी और कहा, "अच्छा, आज नहीं जाता। जब तेरी आज्ञा होगी, तभी जाऊँगा। जैसी तेरी मरजी!" दरवाजे पर गए, उन लोगों को न जाने क्या कहकर विदा किया और लौटे। तब तक वह खड़ी थी, उनकी उस उजली गांधी-टोपी को हाथ में रखे, उसे देखती, उसे अश्रुओं से अभिषिक्त करती! आते ही बोले, "हुआ न, मैं हारा, तू जीती।"

हाँ, सचमुच यह उसकी विजय थी। ऐसी विजय जिस पर घरवालों

को ही आश्चर्य नहीं हुआ, उसे स्वयं भी आश्चर्यचकित रह जाना पड़ा! किंतु उसकी यह विजय कितनी महँगी है, उसने तुरंत अनुभव किया। उनका चेहरा लटक रहा—श्रीहीन, विषण्ण। कहाँ गया उनके मुँह का ज्योति-वृत्त? और आँखों में यह क्या उमड़-घुमड़ रहा है? उनमें पानी नहीं सही, उनसे बूँदें न गिरें, सावन के सजल बादल तो वहाँ हैं ही। तो क्या, उससे कोई अपराध बन पड़ा? कोई ऐसा काम किया उसने, जिससे उनके हृदय को ठेस पहुँची है? वे चाहते तो उसकी अवज्ञा कर सकते थे? किंतु ऐसा नहीं किया। उन्होंने उसका मान रखा, जिद रखी। उन 'बड़े लोगों' ने मन-ही-मन क्या कहा होगा? बड़े देशभक्त बने थे, बीवी ने जरा टोक दिया, बस, सारी देशभक्ति हवा हो गई? शायद इस अपमान के बोध ने ही उनकी आँखों में इन बादलों की सृष्टि की है? उहुँ, उसने गलती की है, नादानी की है, उससे अपराध हो पड़ा है, अक्षम्य अपराध! एक तरफ वे हैं, जो उसकी जिद की भी कदर करते हैं, एक तरफ वह है, जो उनकी प्रतिष्ठा की ओर भी ध्यान नहीं रखती!

वे खड़े थे, उनके हाथ उसके बालों से खेलवाड़ कर रहे थे। उसने उनके मुँह की ओर देखा। सहसा उनके होंठों पर एक मुसकराहट खेल गई। उसके समझने में धोखा नहीं हुआ कि यह उत्फुल्लप्राय कलिका की चटक नहीं है, बल्कि अपने बोझ से व्याकुल बनी मेघ-माला की तड़प है। मुसकराते हुए उन्होंने कहा, "चलो, कुछ गप हो; खड़ी कब तक रहोगी?"

"क्या आपके साथी चले गए?" उसने पूछा और जवाब की प्रतीक्षा किए बिना ही बोल उठी, "आप जाइए, जब वे बुलाने आए हैं, तो आपका नहीं जाना मुनासिब नहीं।" वे चकित होकर देख रहे थे। उसने फिर कहा, "मुझसे अपराध बन पड़ा था! मैं नारी, गँवारी यदि दूर तक नहीं देख सकूँ, तो मेरा क्या कुसूर? आपको क्षमा कर देना चाहिए।" इतना कहते-कहते उसके हिचकियाँ आ गई थीं, उसे आज भी अच्छी

तरह याद है। फिर क्या था, उनकी आँखों के बादल भी बरस पड़े! किंतु यह उसके कर्तव्य-ज्ञान पर बहे हुए प्रसन्नता के आँसू थे या उसकी अपार मानसिक पीड़ा पर बहे हुए सहानुभूति के आँसू, यह कौन बताए?

उसे घसीटकर वह पलंग पर ले गए। बिठाया, वह बैठी। बहुत कुछ कहना चाहते थे, कह न सके। कहा, रात तुमसे दिल खोलकर बातें होंगी। उन लोगों को कह दिया है, घर पर एक जरूरी काम छूटा जा रहा था, अभी-अभी याद आया, उसे संपन्न कर तुरंत आऊँगा, आप लोग चलिए। वे चले गए हैं। अब तुमसे पूरी बातें करके, और तुमसे आज्ञा लेकर ही जाऊँगा। यों ही कितनी ही बातें कहकर, घर से बाहर गए।

और उस रात में! मानो उन्होंने अपना कलेजा निकालकर उसके सामने रख दिया! हाँ, एक वर्ष की ही बात थी। किंतु आज स्पष्ट है कि चाहे जिसकी कमी से हो, जिसकी गलती से हो, तपस्या का फल नहीं मिला। अब क्या यह उचित है कि एक बार जिस काम में हाथ डाल दिया गया, उसे संपन्न किए बगैर पीछे पैर दिया जाए? घर की हालत खराब होती जा रही है, वे खुद भी देख रहे हैं। क्या उन्हें आँखें नहीं, ज्ञान नहीं? किंतु देश में आज उन्हीं का घर तो इस बदतर हालत में नहीं। सारा देश ही ऊजड़ गाँव हो रहा है। अगर उसमें एक घर संपन्न ही हुआ तो क्या? अतः एक घर को संपन्न करने की अपेक्षा, इस समूचे ऊजड़ गाँव को ही फिर से बसाने की क्यों न चेष्टा की जाए? गाँव बसेगा, तो यह घर भी आप-आप बस जाएगा। घरवालों को तो इतना ज्ञान नहीं, उन्हें तो अपनी ही हालत सूझती है, उन्हें समझाया जाए, तो कैसे? किंतु उसे तो समझना ही चाहिए, वह सिर्फ सहचरी ही नहीं है, सहधर्मिणी है, अर्धांगिनी है! उन्हें इस बात से आज प्रसन्नता हुई है कि वह चीजों को समझने की चेष्टा कर रही है, वे अपने को धन्य समझ रहे हैं कि ऐसी पत्नी मिली। किंतु जो दिन आनेवाले हैं, वे शायद और भी अधिक परीक्षा के हों। अतः उसे पूरी तैयारी करनी चाहिए। अपने जीवन,

अपनी भावना, अपनी बुद्धि सबको नए साँचे में ढालने की कोशिश करनी चाहिए, आदि, आदि।

वे कहे जा रहे थे, वह सुनती जा रही थी। वह क्या बोलती भला? यों बहुत देर तक दीन-दुनिया की बातें करते हुए, फिर उन्होंने विनोद की बातें छेड़ीं, अपने पूर्व-परिचित स्वभाव के अनुसार। कौन कह सकता था कि कुछ मिनट पहले इसी मुँह से ज्ञान की वे अनमोल मुक्ताएँ झड़ रही थीं, अब तो यहाँ सिर्फ फूल-ही-फूल बरस रहे थे! फूल—रंग, गंध; देखो सूँघो; खुश हो, मस्त हो। उसी मस्ती में न जाने कब उसकी आँखें लग गईं।

□

और सचमुच उसकी आँखें लग गई थीं। दूसरे स्टेशन पर फिर एक बरात जब चढ़ने का उपक्रम करने लगी, उस कमरे में हो-हल्ला शुरू हुआ। उसने आँखें खोलीं। भीड़ देख बच्ची को सँभाला। उस सोई हुई बच्ची को लेकर एक कोने में सिमटकर बैठ गई। गाड़ी चली, दौड़ी, भागी। वह फिर अपनी पुरानी तसवीरों की दुनिया में जा पहुँची···

□

12. मातृत्व!

एक राष्ट्रीय विद्यालय खोला गया था, उसके वे प्रधानाध्यापक थे। इस अध्यापन से पैसे तो कुछ इतने मिलते नहीं थे कि घर को सँभाला जा सके। हाँ, घरवालों को, हित-कुटुंब को और उसको भी यह संतोष था कि आखिर उनकी जिंदगी में स्थिरता तो आई। विद्या है, योग्यता है, कभी-न-कभी उच्च स्थान प्राप्त करेंगे ही। अभी यही सही। अध्यापक होने के बाद, उन्होंने घर के काम-काज की ओर भी कुछ ध्यान देना शुरू किया। छुट्टियों में आते, तो चाचाजी के बोझ को हलका करने की कोशिश करते। कई पुराने कर्ज ऐसे थे, जो 'सइन' घाव की तरह, न जाने कब से बहते आ रहे थे। उनसे पीव ही नहीं निकलता था, जीवनी-शक्ति बही जा रही थी। ऐसे कर्जों को उन्होंने हाथ में लिया। घर के कुछ अनावश्यक खरचों को कम कर, उपज की वृद्धि की ओर ध्यान देकर, को-ऑपरेटिव बैंक से कुछ उधार लेकर उन्होंने उन कर्जों को सधा दिया। इस ऋण-मुक्ति से घर में थोड़ी मायदारी आई। लोगों की आशाएँ फिर पत्ते और कोंपलें लेने लगीं।

और, अरे, वह कैसे कहे, कैसे बताए, कि उसके यौवन-तरु में भी अचानक कोंपल फूटी, मंजरी निकली, बौर लगे और हाँ, टिकोड़े के भी लक्षण स्पष्ट होने लगे। ओहो, वह गर्भवती हो चली है!

गर्भ—मातृत्व का पावन प्रतीक, प्रेम का विजय-वैजयंत! जब रानी

'भोग' की दुनिया से हटकर 'साधना' की स्वर्भूमि में पहुँच जाती है; जब 'काम' 'धर्म' में परिणत हो जाता है, 'मोह' 'कर्तव्य' में। जब आँखों का रस छाती में घर करता है, जब होंठों की ललाई दूध की उज्ज्वल धारा के रूप में फूट पड़ती है। जब यौवन उन्माद के आवर्त्त से निकलकर मर्यादा की सीमा में बँध जाता है। जब हाथ स्थिर हो जाते हैं, पैर भारी पड़ जाते हैं। जब हवा में तैरनेवाली नारी जमीन के लिए भी बोझीली बन जाती है, जब आसमान में स्वच्छंद विचरण करने की भावना घर की चहारदीवारी को भी बड़ा घेरा मानने लगती है। संक्षेप में, जब 'पत्नी' 'माता' बन जाती है, वंदनीय, अर्चनीय, नमस्य, प्रणम्य।

वह गर्भवती है, इस कल्पना ने उसमें एक साथ ही कितनी खुशी और कितनी जिम्मेवारी के भाव भर दिए। वह गर्भवती है, अब उसके एक शरीर में दो प्राण बस रहे हैं! कितना आश्चर्यजनक! और यह जो दूसरा प्राण है, वह कौन है? क्या वह उनकी प्रतिमूर्ति नहीं है; जिस मूर्ति को वह इतने बरसों से सुख में, दुख में, मिलन में, बिछोह में अपनी आँखों में बसाए हुए थी, वह मूर्ति अब प्रत्यक्ष उसकी आँखों के सामने, मूर्तरूप में, चलेगी, फिरेगी। उसके आनंद का क्या कहना? किंतु उस मूर्ति के पिंड को नौ महीने तक अपने गर्भ में लिये रहना, अपने प्राण-रस से उसका प्रतिपालन करना, कोई ऐसी हलचल न करना कि उस नन्हे से मांस-पिंड को जरा भी सदमा पहुँचे और जब वह संसार का प्रकाश देखे, उसे मातृत्व की उन शत-सहस्र परिचर्याओं से पालना, पोसना, बढ़ाना; अरे, वह किस तरह इन जिम्मेवारियों को निभा सकेगी भला?

वे विद्यालय में थे। वह सोचने लगी, जब वे आएँगे, किस तरह यह सुसंवाद उन्हें वह सुनाएगी? क्या कहेगी, क्या कहकर बतलाएगी? जब वे सुनेंगे, उनके मन में क्या भाव होंगे? जरूर ही आनंद होगा उन्हें। किंतु जिम्मेवारियों के बोझ का उन्हें भी अनुभव होने लगेगा। अच्छा ही

है; अब वे घर की ओर ज्यादा ध्यान देंगे! घरवालों को भुला सकते थे, उनकी उपेक्षा कर सकते थे। किंतु उसकी उपेक्षा कैसे करेंगे, जो उन्हीं की सृष्टि है; उन्हीं की रचना है? किंतु यह उपेक्षा का प्रश्न ही कहाँ उठता है? आज तक उन्होंने क्या कभी किसी की उपेक्षा की है? हाँ, कर्तव्य-बंधन था। जहाँ दो कर्तव्य परस्पर टकराते थे, किसी एक ही का पालन तो कर सकते थे वे? उन्होंने यही किया। हाँ, यह बात जरूर है कि एक अबोध शिशु के साथ जो उनका कर्तव्य होगा, वह ज्यादा नाजुक होगा, अतः दो कर्तव्यों के चुनाव में, इसकी ओर ही उन्हें पहले ध्यान देना होगा। दो कर्तव्यों का चुनाव! तुरत उसका ध्यान अपनी ओर गया। अब उसके साथ भी तो यही सवाल होगा! वह किसको तरजीह देगी, उन्हें या इस आगंतुक को? उसने सुन रखा था, बाल-बच्चेवाली स्त्रियाँ पति के प्रति कुछ उदासीन हो जाती हैं। वे बच्चों में इतनी तल्लीन हो जाती हैं कि पति को अपना पूरा प्रेम दे नहीं पातीं। क्या उस पर भी यह बात लागू होगी? नहीं, हरगिज नहीं। वे बेवकूफ स्त्रियाँ होती हैं, जो इस तरह करती हैं। जिसका प्रेम सिर्फ हृदय की चीज न रहकर मूर्तरूप में सामने नाचे, खेले, हँसे, तालियाँ दे, ता-थेई करे; उसके प्रति उपेक्षा या उदासीनता कहाँ से आएगी? वहाँ तो प्रेम बढ़ता ही जाएगा, उसमें चार चाँद लग जाएँगे!

अभी विद्यालय से उनके आने में देर थी। इधर उसका कुतूहल बढ़ता ही जाता था। एक महीना तो उसने जैसे-तैसे काटा, किंतु दूसरा महीना आते ही इस कुतूहल, उत्सुकता को उनसे छिपाए रखना उसके लिए असंभव हो गया। आखिर एक दिन एक चिट्ठी उसने उनके पास भेज ही दी; क्या किसी इतवार को सिर्फ एक दिन के लिए नहीं आ सकते? एक जरूरी काम है। और वह अगले इतवार को आ पहुँचे और आते ही पूछ बैठे, "क्या है रानी? क्यों बुलाया?" वह बोलने ही को थी कि फिर कहने लगे, "मैं कहूँ, क्यों बुलाया है? वाह री खुशखबरी,

अपने को जप्त नहीं कर सकती? तो, बधाई लो, खुश रहो'' कहते-कहते उन्होंने उसे आलिंगन में आबद्ध कर लिया! ''मैंने सामुद्रिक पढ़ा है, रानी; किस तरह बिना कहे ही सब बातें जान लीं?''

उसे सचमुच आश्चर्य हो रहा था, उन्होंने यह जाना कैसे? वे भी रहस्य को रहस्यमय बनाए जा रहे थे? किंतु पीछे उसकी समझ में आया, यह चीज कैसे गुप्त रह सकती थी भला? घर की औरतों से, बच्चों के कान में बात गई और उनकी जबान जहाँ जिसे न कह दे? ननदें तो जैसे बाट जोह रही थीं। भैया आए और उनके कानों में बात पड़ी—मिठाई, गहने और साड़ी की माँग के साथ।

इस शुभ संवाद ने उन्हें कितना हर्षित, पुलकित, आनंदित किया! हर महीने वे जरूर घर आने लगे; आखिरी दिनों में तो हर रविवार को। जब आते, उसके शरीर का पूरा समाचार पूछते, खोद-खोदकर। जहाँ कुछ गड़बड़ी मालूम होती, तुरंत उपचार में लग जाते। उन दिनों उनकी तबीयत भी अजीब हो रही थी। अवसाद का तो मानो उसके जीवन पर एकच्छत्र आधिपत्य हो गया था। जब खड़ी होती, बैठने की इच्छा होती; जब बैठी होती, तो लेटने की। नई-नई चीजों के खाने-पीने की लिप्सा तो होती, किंतु जब वे चीजें सामने आतीं, उबकाई आने लगती। जो वस्तुएँ उसे बहुत प्रिय थीं, अब उनकी ओर आँख उठाने की इच्छा नहीं होती। चेहरे का रंग उड़ा जा रहा, होंठों पर पपड़ियाँ पड़ रही थीं। जब कुछ दिन रह गए, हाथ-पाँव की क्या बात, उसकी पलकों पर भी सूजन सी आ गई थी। वे घर पर होते, तो ज्यादातर उसके निकट होते। हँसने-हँसाने की कोशिशें करते, बहलाने-टहलाने की चेष्टाएँ करते।

संयोग, जिस दिन प्रथम-प्रथम उसने इस पुत्ररत्न का प्रसव कर अपने को अति सौभाग्यशालिनी सिद्ध किया, उस दिन वे घर पर नहीं थे। यह घटित भी हुआ अचानक और अप्रयास। थोड़ी रात बीती थी। सवेरे कुछ खाकर, यों ही दो-चार कौर, वह आँख मूँदें पलंग पर पड़ी

थी कि उसके पेड़ू में कुछ दर्द सा मालूम हुआ। दर्द टीस में बदला। वह उठकर बैठी। बैठा न गया। पलंग के नीचे पैर खिसकाकर वह खड़ा होना चाहती थी, कि उसे मूर्च्छा सी मालूम हुई। पलंग की पाटी पकड़कर वह नीचे बैठ गई। एक जोर का वेग, उसके मुँह से चीख। उसके बाद क्या हुआ, उसे पता नहीं। थोड़ी देर में जब उसे होश हुआ, घर में आनंद-बधैया बज रहा था और उस कोलाहल में एक मीठी-मीठी केहाँ-केहाँ की आवाज आ रही थी! वह आवाज, और जैसे उसके समूचे शरीर में जो भी जीवनीशक्ति थी, वह एकाएक उमड़कर उसकी छाती में आ गई और थोड़ी ही देर में उज्ज्वल दुग्ध-धारा के रूप में प्रवाहित होने लगी।

'बरही' का दिन, स्नानादि कराकर, पीली साड़ी पहनाकर, उसे भोर की मीठी धूप में आँगन में बिठा दिया गया था। उसकी आँखों में काजल की मोटी रेखा कर दी गई थी; उसकी माँग में सिंदूर की फैली-फैली लकीर थी। उसने आईने में अपने चेहरे को देखा, खुद नहीं पहचानी जाती थी। आँखें धँस गईं, गालों का रंग क्या हुआ? जब समूचे शरीर में जर्दी-ही-जर्दी हो तो पीले रंग की साड़ी से बढ़कर पहनावा क्या हो सकता था? लेकिन उस जर्दी के भीतर से जो आभा फूट रही है! इन धँसी आँखों में जो उत्फुल्लता दीख रही है! जरूर उसके शरीर में खून की कमी हो गई है। किंतु उसकी गोद में जो रक्त का एक सजीव पिंड है, उसने तो मानो उसके संपूर्ण जीवन को लाल बना रखा है। ऊपर जर्दी है, भीतर लालिमा खेल रही है। उसके बचे-खुचे खून में नई रवानी है। उसके ह्रदस-सागर में नई-नई तरंगें अठखेलियाँ कर रही हैं। उसकी आँखें, उसका चेहरा, उसका शरीर, उसका संपूर्ण जीवन, आज हँस रहे हैं, विहँस रहे हैं! उसी असीम हँसी के बीच 'वे' आँगन में पहुँचे। वह शरमाई, घूँघट नीचे खींच लिया, आँचल अच्छी तरह सँभाला। उन्हें देखते ही ननदें किलक पड़ीं, देवर उछल पड़े। 'भैया इनाम लूँगी, भैया

मिठाई दो' का शोर मच गया। एक ननद ने बच्चे को उसकी गोद से ले लिया और बोली, पहले मुँह-देखाई, तब देखने दूँगी। वे भौचक थे, आनंद से या आश्चर्य से? अपनी ही एक जीवित-जागरित प्रतिमूर्ति सामने देखकर किसे आश्चर्य नहीं होगा?

उसकी गोद का लाल बढ़ने लगा। उनकी ममता भी बढ़ने लगी, कम-से-कम उसे तो ऐसा ही अनुभव होता। जब आते, बच्चे के लिए कुछ-न-कुछ लाते ही। बच्चे के साथ उसकी माँ को कभी नहीं भूलते। किसने कहा कि संतान होने के बाद दंपति का प्रेम-बंधन ढीला पड़ता है? संतान तो एक मुहर है, जो प्रेम की बाजाप्तगी की ही नहीं, उसके अटूट, अचल और अकाट्य होने की भी सूचना देती है। दंपति के प्रेम-वृत्त का संतान केंद्र-बिंदु है। संतान धुरी है, जिस पर स्त्री-पुरुष-रूपी दोनों पहिये चक्कर काटते हैं और इसी चक्कर के साथ-साथ जीवन-रथ को कर्तव्य-पथ पर बढ़ाए चलते हैं। जब तक संतानरूपी धुरी में न बँधे हों, ये पहिए कब, कहाँ ढुलक, गुड़क जाएँगे, कोई ठिकाना नहीं!

उसने अनुभव किया, संतान ने उन्हें और भी उसके निकट कर दिया है, दोनों के जीवन में तारतम्य ला दिया है। आज भी वह देखती है, यह संतानों की ममता ही है कि उनका विद्रोही और वैरागी हृदय घर में संबंध जोड़े हुए है। संतान होते ही, जब यशोधरा प्रसूति-गृह में ही थी, बुद्ध घर छोड़कर चले गए। नहीं तो, शक है कि राहुल के दूध भरे मुँह की सोंधी गंध सूँघने के बाद वे जा भी पाते! यह संभव भी होता, तो जिस समय राहुल बिना दाँत के मुँह से 'बा' कहकर उन्हें पुकार लेता, उसके बाद तो उनका जाना निस्संदेह ही असंभव पड़ता!

ज्यों-ज्यों बच्चे के अंगों का विकास होने लगा, उसे लेकर कितनी रात क्या-क्या बातें न हुईं। कभी उसके एक-एक अंग का विश्लेषण होता—रानी, रंग तो इस पर मेरा पड़ा है, लेकिन देखती हो, रंग के भीतर बिलकुल तुम-ही-तुम हो। ये आँखें—अरी, इसने तुम्हारी आँखों की

किंचित भूरापन तक ले लिया है! और यह नाक तो मेरी है नहीं। हाँ, होंठ कुछ मेरे जरूर हैं, लेकिन इनकी ललाई भी तुम्हारी ही है। यों ही इस ललाट को मेरा कह सकती हो, किंतु ये भवें और बाल, बताओ न, तुम्हारे हैं कि मेरे। शरीर का गठन मेरा है, तो सौष्ठव तुम्हारा।

"लेकिन माफ कीजिए, मेरे राजा, शरीर में मैं जहाँ भी होऊँ, न होऊँ, इसके भीतर जो आत्मा है, वह तो बिलकुल आपकी है। शिशुता में भी यह नटखटपन, यह जिद, यह···उहूँ, उहूँ, ये सब मेरे हो नहीं सकते।"

"तो मैं नटखट हूँ, जिद्दी, क्यों?" उन्होंने एक दिन हँसकर पूछा और उसने तुरंत जवाब दिया, "इसी से पूछिए!" मुसकराकर उन्होंने एक मीठी चपत दी। कितनी मीठी! उसे मिठास में मस्त देख उन्होंने बच्चे को उठाकर किस तरह चूम लिया था। यह चुंबन किसके हिस्से का था, किसे दिया गया था?

□

वही बच्चा आज सामने बेंच पर बैठा है। उसने घूमकर उसकी ओर देखा। किस उत्सुकता और उत्कंठा से वह उसके अंग-प्रत्यंग को देखने-परखने लगी। उसकी आँखें, भवें, ललाट, नाक, होंठ; किन-किनमें वे हैं? वह यों घूर-घूरकर देखने लगी, कि उसे मालूम पड़ा, जैसे वे स्वयं वहाँ बैठे हों। हाँ, वे ही तो हैं, कहाँ है फर्क? बिलकुल वे ही! किंतु यह तो छलना है। इस समय तो वे उस पाषाणपुरी में होंगे; किसी निर्जन, एकांत कोठरी में बैठे! क्या उन्हें हमारी याद आती होगी? नहीं आती होगी, यह वह मान नहीं सकती। तो, वह याद क्या उन्हें विकल नहीं बनाए होगी? लेकिन···हृदय, उनकी दुनिया में जाकर अपने दुख को दूना नहीं बना! चल, अपनी दुनिया देख—पुरानी, धुँधली, दर्दीली, तसवीरों की दुनिया···

□

13. तपस्या

जब उसने सोचा था, तूफान फट गया, आसमान साफ हो गया, उसमें वह आशा की सुनहरी रेखा भी देखने लगी थी, कि फिर अकस्मात् क्या हुआ? यह अनभ्र वज्रपात!!

वह चौंक पड़ी, चीख पड़ी, गिर पड़ी, बेहोश हुई। होश आने पर भी उसका दिमाग साँय-साँय कर रहा था, अरे यह क्या? षड्यंत्र, खून, डकैती, बम, रिवाल्वर··· और वे? वे और ये भयंकर, भयानक, भयावह चीजें! नहीं, नहीं! हो नहीं सकता? किसी ने यह दिल्लगी की है! इन चीजों से उनका सरोकार ही कहाँ, जो इनमें वे गिरफ्तार किए जाएँगे? वे और खून! जो मांस तक नहीं खाते, वे आदमी का खून करेंगे? जिन्होंने अपना घर लुटा दिया, मिटा दिया, वे दूसरे का घर लूटने जाएँगे? जिनका जीवन एक खुली हुई पोथी है, वह भला षड्यंत्र, साजिश करेंगे? अपने कोमल हाथ की ओर देखकर जिन्होंने कई बार कहा, रानी, ये सिर्फ कलम पकड़ने के लिए बनाए गए हैं; उसी हाथ में बम, रिवाल्वर! नहीं, बिलकुल झूठ! झूठ और झूठ!

किंतु यह बात सच थी कि इसी अभियोग में वे गिरफ्तार कर लिये गए थे। उसकी अपनी परेशानी तो थी ही, घरवाले बदहवास हो रहे थे। चाचाजी चादर से मुँह ढककर जो सोए, तो तीन शाम तक बिस्तर से उठे नहीं। घर में खाना-पीना बंद। एक ऐसी आग जल उठी जो घर के हर

प्राणी के साथ समूचे घर को ही जलाने पर उतारू थी, फिर चूल्हा जलाने की किसे चिंता? अड़ोस-पड़ोस के हित-कुटुंब दौड़े-दौड़े आए। उसके बाबूजी भी कई वर्षों पर पधारे! भला, वे किस तरह इस जीवन-मरण के निर्णयात्मक अवसर पर अपनी प्यारी बेटी की सुध नहीं लेते?

वह उनके पैर पकड़कर फूट-फूटकर रोने लगी। यह पहली बार थी, जब उसने अपनी मर्म-व्यथा को संसार पर प्रकट होने दिया था। बाबूजी को भी धैर्य नहीं रहा, उनकी आँखों से भी आँसू बहे जा रहे थे। किंतु दूसरों में और उनमें थोड़ा अंतर था। जहाँ सभी धैर्य के साथ होश-हवास खो बैठे थे, वहाँ उन्होंने हार्दिक व्यथा के बावजूद अपने मस्तिष्क का संतुलन ठीक रखा था। उन्होंने चाचाजी को बिस्तर से उठाया। घर में रसोई का सिलसिला बँधवाया। फिर सब बातों को दरयाफ्त करने शहर की ओर चले। हमें समझाते गए, होनहार पर किसी का बस नहीं, किंतु हमें प्रयत्न तो करना ही चाहिए। मेरा यकीन है, वे निर्दोष हैं। किंतु आज के जमाने में जिस पर जो आरोप न हो जाए! उनके ऐसे प्रसिद्ध और तेजस्वी व्यक्ति को फँसाने के लिए लाख चेष्टाएँ हो सकती हैं। किंतु हमें भी चेष्टा करनी चाहिए, कि उनकी निर्दोषिता प्रमाणित कर सकें। अब सिर पीटने की जगह थोड़ा हाथ-पैर चलाना होगा। मैं देखता हूँ, असल बात क्या है?

असल बात तो तह में रह जाती है, नकल का बोलबाला होता है। दो वर्षों तक मुकदमा चलता रहा। अजीब सनसनीखेज चीजें सामने आईं। जिसकी कल्पना भी नहीं की जा सकती थी, वे ही बातें सत्य की तरह रखी गईं। उस असत्य-सत्य को असत्य सिद्ध करना कोई आसान काम नहीं था। बाबूजी प्राणपण से लगे हुए थे। रुपया पानी की तरह बहाया जा रहा था। चाचाजी कर्ज-पर-कर्ज किए जाते। घर की हालत खराब हुई जाती। दो साल तक खेती-बारी की तरफ भी किसी का ध्यान न गया। उपज कम और खर्च ज्यादा। पहले से खोखला घर और भी

खोखला हुआ जाता।

एक दिन बाबूजी आए, कुछ रुपए की तुरंत जरूरत थी। चाचाजी ने कई जगह दौड़-धूप की। रुपए मिलते नहीं थे। बाबूजी ने भी अपना हाथ खाली कर लिया था। क्या किया जाए, इसी चिंता में वे थे। उसने उन्हें बुलाया और जब वे आए, उनके हाथ में एक पोटली रख दी। ''यह क्या? अरे, तुम्हारे गहने हैं! नहीं दुलारी, नहीं। मुझसे यह नहीं होगा। मैं घर जाता हूँ, कोई उपाय करूँगा। कर्ज लूँगा। तुम्हारे गहने? मैं बेचूँ? तू पागल हो गई है क्या?''

''बाबूजी'' वह बोली, ''मैं कोई भोली बच्ची नहीं। बहुत देखा, बहुत सुना। सब समझती हूँ। ये गहने नहीं हैं, मेरे पाप हैं। मुझे यहीन हो गया है मेरे पाप ही उन्हें इन संकटों में डाल रहा है। वे साधु हैं, पुण्यात्मा हैं। फिर भी वे जो इन झंझटों में फँस जाते हैं, मेरे चलते, मेरे पापों के चलते। मैं अपने पापों को धोऊँगी, अपने को जलाऊँगी, शुद्ध करूँगी! जब तक मैं शुद्ध नहीं होती, उनका उद्धार नहीं होगा। मेरे पाप का बोझ उनकी धर्म की नैया को डुबाने पर तुली है। यह नहीं होने दूँगी। ये गहने तो ऊपरी पाप हैं, मन में जो लालसाएँ घुसी, छुपी हैं, उन्हें भी दूर करना होगा। आप पिता हैं, मेरी मदद कीजिए। ले जाइए इन्हें, इन्हें बेचकर उनके काम में लगा दीजिए। अगर आप न भी लीजिएगा तो ये गहने मैं रखूँगी नहीं! हाँ, यह मेरा निर्णय है। आप इस बाहरी पाप से मुझे मुक्त कीजिए, जिसमें भीतरी प्रायश्चित्त के लिए मैं अपने को तैयार करूँ।'' वह यों ही बोलती जा रही थी, और उसने देखा, उसके बाबूजी की आँखों से आँसू बहे जा रहे थे। उन्होंने अंततः पोटली उठा ली। जब वे चलने लगे, उसने कहा, ''देखिए, चाचाजी से यह मत कहिएगा!''

उसके बाद उसने अपने को किन तपस्याओं में जलाना शुरू किया! नहीं, नहीं, सुकर्म को जिह्वा पर लाना नहीं चाहिए, उसका महात्म्य समाप्त हो जाता है!

इन तपस्याओं के बीच उसके मन में एक लालसा जगी। वह एक बार उनके दर्शन क्यों नहीं कर आती? दर्शन करके अपने पापों को कम करेगी और साथ ही देखेगी कि दुनिया जिसे षड्यंत्र, कत्ल और लूट कहती है, उनके चेहरे पर वे कहाँ छिपे हैं, किधर हैं?

वह भी एक दिन था! गोद में बच्चे को लिये वह जेल में पहुँची। जेल में ही उनका मुकदमा चल रहा था। जज से हुक्म लेकर उसके बाबूजी उसे जेल के उस कमरे में ले गए। जज अपने आसन पर बैठा था; सामने पेशकार कागज उलट-पुलट रहा था। दोनों तरफ के वकील पहुँच चुके थे! किंतु वे नहीं थे, जिनके लिए यह सब आयोजन था! थोड़ी देर में मधुर संगीत की एक स्वर-लहरी उस कमरे में प्रवेश करने लगी, संगीत के साथ कुछ झन, झन, खन, खन भी। जज चौंका। पेशकार चौकन्ना हुआ। वकीलों ने दरवाजे से बाहर देखना शुरू किया और थोड़ी देर में बारह-तेरह नौजवान हाथ-पैर में बेड़ी-कड़ी झनझनाते, गाते, कमरे में दाखिल हुए।

और, वे यह हैं! वह खड़ी थी, बरबस उसके पैर बढ़े और उनके चरणों में वह गिरना ही चाहती थी कि बाबूजी ने बढ़कर उसे सजग किया। यह क्या कर रही हो, यह कचहरी है! वह खड़ी हो गई। आँखों से अश्रुधारा फूट निकली। गोद का बच्चा उसकी यह दशा देख, चीख पड़ा। वह चट बैठ गई और उसे आँचल के नीचे करके उसके मुँह में स्तन दे दिया। बच्चा चुप हो गया। किंतु उसकी पापिनी आँखें! क्या वे ठीक से देखने भी नहीं देंगी? आह रे उनका चेहरा! दाढ़ी-मूँछ और सिर के बाल बढ़ गए हैं, काफी लंबे; किंतु उन काले बालों के बीच उनका शांत, सौम्य चेहरा और कितना उद्दीप्त हो चला है! उसने पाया, उनके चेहरे का प्रकाश-वृत्त और भी बड़ा हो गया है! उसकी ओर देखकर उनके होंठों पर एक स्मित-रेखा देखी गई, किंतु उनकी आँखें? कुछ दूसरी ही बात उसने देखी, पढ़ी! और उनके अगल-बगल में ये जो

नौजवान हैं, उनमें से कई को तो वह और भी कितनी ही बार देख चुकी है, वे उनके साथ उसके घर पर गए थे। उसने उन लोगों को खिलाया था, कई ने तो उससे दिल्लगियाँ भी की थीं। वे सब कितने मस्त हैं। गप कर रहे हैं, चिकोटियाँ काट रहे हैं, मुसकरा रहे हैं, हँस रहे हैं। क्या ये ही लोग खूनी हैं? क्या इन्होंने ही डकैतियाँ की हैं? साजिश करनेवालों के चेहरे क्या ऐसे ही होते हैं? बम, रिवॉल्वर से खेलनेवाले क्या इसी तरह खेलते हैं? नहीं, नहीं, सारा इल्जाम गलत, सारी बात झूठ?

टिफिन के वक्त जज से हुक्म लेकर उसने उनसे बातें कीं। वे उसके निकट आए। बाबूजी हट गए थे। आते ही उन्होंने बच्चे की ओर हाथ बढ़ाया। किंतु जब तक बच्चा उनके हाथों में जाए, कि उनके साथियों में से एक लड़का—हाँ, वह लड़का ही था, लपका और बच्चे को छीनकर ले गया। भाई साहब, आप भौजी से बातें कीजिए, हम बच्चे से खेलते हैं, एक ने मुसकराकर कहा। सब हँस पड़े। बच्चे को हाथों-हाथ लेकर वे खेलने-खिलाने लगे और वह उनके सामने चुपचाप खड़ी है। क्या बोले, क्या कहे? उन्होंने ही निस्तब्धता भंग की,

''क्यों, घबरा गई हो? ठीक, घबराने की बात ही है। सोचती होगी, कैसा मैंने धोखा दिया। सच, धोखा तुम्हें शुरू से ही हुआ! किंतु रानी, घबराने से क्या कुछ बन पड़ेगा? बिगड़ेगा ही। परस्पर आरोप लगाने से भी कुछ होने-जाने का नहीं। अब तो चुपचाप देखना है, सहना है, भोगना है। सत्य प्रकाशित होकर रहता है; किंतु सत्य को आच्छादित किया जा सकता है, कुछ देर के लिए ही सही! अत: अवश्यंभावी पर तर्क करना ही फिजूल है। कभी-कभी हमारी परीक्षा के लिए भी ऐसी चीजें आती हैं? परीक्षा कड़ी भी हो सकती है। हो सकता है, हमारा सामूहिक पाप कुछ व्यक्तियों के निरपराध रक्त से ही धोया जा सके? दासत्व सबसे बड़ा पाप है, रानी!···

''···तुम इतनी दुबली हो गई हो? ठीक तो, दो परस्पर संलग्न

आत्माएँ यों अचानक अलग कर दी जाएँ और बीच में ऐसी दीवार खड़ी कर दी गई हो, जिसके ओर-छोर कुछ मालूम नहीं, तो पीड़ा का होना लाजिमी है। और हृदय की पीड़ा तो खून ही पीता है, मांस ही खाता है। किंतु रानी, जब दो आत्माएँ तीसरी आत्मा के रूप में अपने को स्वत: परिणत कर लें, तब उनका यह भी कर्तव्य हो जाता है कि उसके लिए, कम-से-कम उस तीसरी आत्मा के लिए भी अपने अस्तित्व को कायम रखने की कोशिश करें। तुम्हारा यह दुबलापन बच्चे के लिए कितना हानिप्रद होता होगा, तुमने सोचा है? मेरे लिए इतनी चिंता और उस अबोध के लिए?···

"···और तुम लोगों ने यह क्या किया है? चाचाजी तो पागल हो गए हैं, तुम्हें सोचना चाहिए। यों उजड़े घर को दोनों हाथों से आप-आप उजाड़ना, यह क्या बात? क्यों इतना खर्च? किंतु तुम इस बारे में सुनोगी नहीं! अपने गहने तक बेच दिए! बाबूजी कह रहे थे, रो रहे थे! मैं उन्हें क्या समझाता भला?···

"···सुना, मेरे लिए बड़ी-बड़ी साधनाएँ कर रही हो—व्रत, उपवास, मन्नत, क्या-क्या न? शायद तुम्हारी तपस्या घर को बचा ले? मेरी तपस्या का फल तो यही है, जो मैं भुगत रहा हूँ, भुगतूँगा! और यह तपस्या नहीं है रानी, प्रायश्चित्त है! कहोगी, मैंने तो कोई अपराध नहीं किया, फिर प्रायश्चित्त कैसा? अपना नहीं, अपने पूर्वजों का। और प्रायश्चित्त जितना कड़ा होगा, पाप उतना जल्द कटेगा, पुण्य का उतना शीघ्र उदय होगा। घबराना नहीं, हमारी मुक्ति के दिन निकट आ रहे हैं। क्या तुम नहीं देखतीं? मैं तो देख रहा हूँ, उतना ही स्पष्ट, जितना यहाँ तुम खड़ी हो···"

वे बोले जा रहे थे। बोलते-बोलते और भी नजदीक आ गए थे। उसके हाथों को अपने हाथ में ले लिया था। वे चिर-परिचित हाथ मालूम हुआ, वह फिर मँड़वे पर बैठी है और उसका हाथ उनके हाथों में है!

हाथों के स्पर्श ने ही जैसे उनके हृदय से उनके हृदय का संबंध जोड़ दिया। कान उनके शब्द पी रहे थे और हृदय उनके हृदय से संदेशों का आदान-प्रदान कर रहा था। हृदय की भाषा के बाद जिह्वा का क्या काम? वह चुपचाप खड़ी थी। वे शायद कुछ और कहते, किंतु इसी समय टिफिन का वक्त पूरा हुआ। लोग कमरे में आने लगे। उनकी ओर देख, जैसे उनकी आँख बचाते हुए, एक बार उन्होंने उसके चिंबुक को पकड़ लिया और तुरंत, उसे छोड़ बोल उठे, अच्छा जाओ, मस्त रहना, रानी। तब तक उनके साथी बच्चे को उनके नजदीक ले आए थे। बच्चे को हाथों में लिया, एकाध बार चुमकारा और उसके हाथों में देते हुए कहा, अपने लिए नहीं, इस बच्चे के लिए तो तंदुरुस्ती पर ध्यान देना! "भाई साहब, भौजी से थोड़ी हमारी बातें भी होने दीजिए" उनके साथियों ने ठहाके के बीच कहा। किंतु तब तक जज अपने आसन पर आ चुका था और बाबूजी भी उसके नजदीक आकर चलने का इशारा कर रहे थे। यद्यपि वह अपने को जप्त करना चाहती थी, किंतु वह आप-से-आप झुक ही पड़ी, उनके चरणों की ओर। और उसे लपककर उठाते हुए, एक ही सेकेंड के लिए ही सही, उन्होंने उसे आलिंगन में ले लिया। वह आकस्मिक आलिंगन, उसका समूचा शरीर कदंब सा फूल उठा।

जब वह घर लौट रही थी! क्या एक मिनट भी उनके आँसू रुक रहे थे? इनमें से किसी को फाँसी हो सकती है, किसी को कालापानी! ये हँसते-खेलते लोग! इनमें से किसी को सूत की मोटी डोर से गला कसकर, दम घुटकर, मार डाला जाएगा; किसी को सात समुंदर पार घुल-घुलकर, तिल-तिलकर, मरने को लाचार किया जाएगा? ये हँसते-खेलते लोग! क्या इनका परिणाम यही होना था। और 'वे', कौन कहे, उनका क्या हो? फिर भेंट हो या···विधाता···विधाता···

□

उसने आँखें खोल दीं। उसकी आँखों से अनवरत आँसू आ रहे हैं और

गाड़ी तेजी से भागी जा रही है। जिस तरह दु:स्वप्न से घबराकर आदमी, आँखें खोलने पर भी स्वप्न से इस तरह अभिभूत रहता है कि अपनी जाग्रत् स्थिति पर भी उसे संदेह होता है, वह काँपता है, चीखता है, चिल्लाता है, ठीक वही हालत उसकी हो रही थी! उसका हृदय इतना आंदोलित था, उसका दिमाग इतना परेशान था, कि उसे भान नहीं था, वह कहाँ है? झटपट उसने आँचल से आँसू पोंछे और डब्बे की रोशनी की ओर देखने लगी; ठीक उसी तरह, जिस तरह स्वप्नाभिभूत व्यक्ति रोशनी देखना चाहता है। डब्बे में कुछ नई सूरतें थीं, जो उसकी ओर न जाने क्यों घूर-घूरकर देख रही थीं। उसका स्वप्न-भंग तो हुआ, किंतु वह उनकी इस बेहूदगी को बरदाश्त नहीं कर सकी। फिर मुँह फेरकर डब्बे से बाहर देखने लगी और उधर देखना था कि···

□

14. भिखारिन

उसके सिंदूर का भाग्य, वे छूट गए, बेदाग छूट गए। हाँ, ऊपर की अदालत तक जाते-जाते इस परीक्षा में ढाई वर्ष से ऊपर लग गए।

वे लौटे, उसका सुहाग लौटा। और अब उसका एकमात्र सहारा तो यह सुहाग ही था न?

चाचाजी ने कुछ ऐसा शोक धर लिया कि वे चल बसे! उनका चलना कि घर का रहा-सहा शीराजा भी बिखर गया। घर की यह हालत देखकर उन्हें सदमा नहीं हुआ, किंतु एक दिन चर्चा चलने पर बोले,

''रानी, हम वैसे माँझी हैं, जिसने अपनी नाव जला डाली हो। नाव जल गई, सामने समुद्र लहरा रहा है और उसकी हर लहर हमें निमंत्रण ही नहीं दे रही, बल्कि हमारा आह्वान कर रही है! हम निमंत्रण की उपेक्षा कर सकते थे, किंतु आह्वान की उपेक्षा तो पौरुष का अपमान होगा। हम उसमें धसेंगे, उसे पार करेंगे। यह शरीर ही नाव बनेगा, भुजाएँ ही पतवार होंगी। नाव पर हम मनचाहा सामान लाद सकते थे, अब एक सेर ज्यादा बोझ भी हमें लहरों के नीचे ला देगा। कभी साधनहीनता बुरी होती है, कभी भली। कभी संपन्नता सुख-शांति का कारण होती है, कभी जीवन का काल। हम साधनहीन, संपत्तिहीन हो रहे हैं, होते जाएँगे; किंतु हमने जो शपथ ली है, उसे देखते हुए, इस

स्थिति पर संतोष ही करना अच्छा! किंतु मैं मानता हूँ, इस संतोष की स्थिति में मस्तिष्क को ले आना आसान नहीं। पुराने सुख हृदय में काँटे बनकर गड़ेंगे, पुरानी मौज दिल को बेचैन बनाएगी। ये ही परीक्षा के दिन होंगे, मेरे लिए, तुम्हारे लिए, घरवालों के लिए। मैं उत्तीर्ण हो सकता हूँ, तुम जरूर उत्तीर्ण होगी, किंतु ये भोले-भाले लोग! अत: अब एक ही काम करना है, जहाँ तक बन पड़े, साधना की धूनी रमाई जाए और इन्हें सुख से रखने की कोशिश की जाए। मुझे उम्मीद है, तुम मेरे इस असाध्य साधन में सहायक बनोगी।''

वह सहायक बनती, बनने की उसने कोशिशें की हैं; किंतु न जाने क्यों, ज्यों-ज्यों दिन बीतते जाते हैं, वियोग की कल्पना भी उसे बेतरह अखरने लगी है। ''आप घर रहिए, मैं सब सह लूँगी, कर लूँगी,'' एक दिन उसने कहा भी उनसे। वे सुनकर मुसकरा पड़े, ''रानी, तब तुम फिर मुझसे घर बसाना चाहती हो। मुझे मेरे कर्तव्य-पथ से मत हटाओ, मेरी रानी! स्थानभ्रष्ट व्यक्ति कहीं का नहीं रहता है, न घर का, न घाट का! मनुष्यता को श्वान-वृत्ति में पटक देना, रानी, कम-से-कम मेरी अर्द्धांगिनी के लिए शोभनीय नहीं।''

उसने देखा, ''मेरी अर्द्धांगिनी'' कहते हुए उनकी आँखें अभिमान से चमक पड़ी थीं और उस चमक ने उसकी कमजोरी को कुछ देर के लिए ही सही, न जाने कहाँ भगा दिया था!

तरह-तरह के आंदोलन चलते रहे, सबमें उनका सिर्फ हिस्सा ही नहीं; हाथ होता। और परिणामस्वरूप बार-बार जेल-यात्राएँ करनी पड़तीं। आज जब वह हाथ की उँगलियों पर उनकी जेल-यात्राएँ गिनना चाहती है, गिन नहीं पाती।

इधर नोनी लगी दीवारें और घुन लगे खंभे एक-एक कर गिरने का उपक्रम कर रहे थे। जो कसर थी, भूकंप ने पूरी कर दी। घर गिर गए, खेती बरबाद हो गई, बाढ़ और बीमारी ने सबकुछ चौपट कर छोड़ा!

जहाँ पहले इमारत थी, वहाँ ऊँचा सा ढूह बना है। यह ढूह पर कुछ छोटी-छोटी झोंपड़ियाँ हैं, बाँस की दीवार, फूस का छाजन। छोटा सा घर-आँगन। उस छोटे से आँगन में एक बड़ा सा परिवार। ऐसा परिवार जिसे भूत ललचाता है, वर्तमान समझाता है और भविष्य? उसकी चर्चा ही व्यर्थ।

संक्षेप में जो रानी थी, वह भिखारिन हो गई।

एक बार की बात उसे याद है। वे एक वर्ष के लिए जेल गए थे। यह एक वर्ष उसने कैसे बिताया था? चाचाजी के बाद, 'उनकी' गैरहाजिरी में, वही घर की मालकिन हुई। देवर नाबालिग; घर की स्त्रियों की जैसे मत मारी गई। घर-बाहर उसे ही देखना पड़ता। उस साल फसल बिलकुल खराब गई। कर्जवालों के तकाजे इतने थे कि नए कर्ज की चर्चा ही फिजूल थी। गहने बिक चुके थे। वह क्या करे? सिर्फ एक साड़ी पर उसने एक साल बिता दिया था।

एक साड़ी पर एक साल?

घर की औरतों और बच्चों के तन ढकने के बाद उसके लिए सिर्फ एक साड़ी ही तो बच गई थी।

जब वे लौटे, एक दिन कोई प्रसंग आया, उसकी जबान से यह चर्चा निकल पड़ी। सुनकर बहुत ही विषण्ण हुए। उसे अफसोस हुआ, कहाँ से उसने कह दिया। उसने देखा, कई दिनों तक रह-रहकर उनका चेहरा उदास हो जाता। बातें करते होते, हँसते होते, हँसाते होते, बच्चों को खेलाते होते, उनसे खेलते होते; अचानक, जैसे उनके चेहरे पर स्याही दौड़ जाती। हँसता हुआ फूल मुरझा उठता! उसने कई बार पूछा, ऐसा क्यों? जब वह पूछती, वे मुसकराने की चेष्टा तो जरूर करते, किंतु यह कृत्रिम हँसी उनके चेहरे की स्याही को और भी सघन कर देती।

लेकिन क्या इसने भी उन्हें उनके मार्ग से विचलित किया!

याद है, कई बार कुछ बड़े नेता उसके घर पर आए। उनसे बार-बार

आग्रह किया; असेंबली के लिए खड़े होइए, डिस्ट्रिक्ट बोर्ड में चलिए, चेयरमैनी कबूल कीजिए, किंतु उन्होंने किस उपेक्षा और घृणा से उनकी 'देन' को ठुकरा दिया। "सुनती हो रानी, सत्ययुग में तपोभ्रष्ट करने को राक्षस या अप्सराएँ आती थीं। कलियुग की सब बातें विचित्र हैं न? इस जमाने में हमारे बुजुर्ग ही हमें दलदल में घसीटना चाहते हैं! क्या तमाशा है, कुत्ते लोहे की जंजीर को अपनी जीभ से चाटते-चाटते अपनी जीभ से ही निकले खून में स्वाद अनुभव कर जोरों से जीभ चलाए जा रहे हैं! दुनिया में आत्मवंचना से बढ़कर कोई बड़ा अभिशाप नहीं है, रानी!"

"और इस युग में ज्यादा तो ऐसे ही लोगों की संख्या है न?" उसके मुँह से निकला। शायद उसमें थोड़ी कमजोरी आ गई थी।

"इसीलिए तो, जो थोड़े से लोग इन्हें बुरा समझते हैं, उन्हें ज्यादा-से-ज्यादा आत्मत्याग दिखाना चाहिए। जहाँ तर्क और सीख काम नहीं करते, वहाँ उदाहरण ही एकमात्र उपाय बच जाते हैं रानी! जब सब चिराग गुल हो रहे हों, तो जिनके पास बचे-खुचे तेल-बाती हैं, उन्हें कंजूसी नहीं करनी चाहिए। प्रकाश होने दो, प्रकाश! रानी, मुहूर्त ज्वलितं श्रेय: नच धूमायित चिरम्!"

उसने देखा था, उनकी दोनों आँखें यह कहते-कहते दो जीवित मशाल बन रही थीं—निर्धूम, उज्ज्वल, प्रोज्ज्वल!

किंतु उन उज्ज्वल आँखों में सिर्फ ज्वाला ही नहीं है, वहाँ करुणा की निर्झरिणी अनवरत अठखेलियाँ करती हैं, यह भी वह जानती है। शायद करुणा की अधिकता ही ज्वाला में परिणत हो गई है। तरल पानी ज्यादा शीत पाकर कठोर बर्फ बन जाता है, ऐसी सख्त कि उस पर इस्पात की धार भी भुथरी हो जाए। किंतु इसका मतलब यह कदापि नहीं कि उसकी तरलता खत्म हो गई। बस, सिर्फ थोड़ी गरमी चाहिए, फिर पानी-पानी है—तरल, कोमल, शीतल, सुखद।

उसने उनके जीवन को देखा है, परखा है, और हमेशा यही पाया

है। इस परिवार, एक-एक प्राणी के लिए उन्हें कितनी चिंता रहती है। और ये बच्चे! जिस समय वे इन बच्चों में होते, कौन कह सकता है कि यही वह व्यक्ति है, जो कर्तव्य की पुकार पर इन बच्चों की परवाह किए बिना बड़े-से-बड़े संकट लेने को तैयार होता है! जब तक बच्चे हँसते, उनके बीच वे यों हँसते कि यह पार पाना मुश्किल कि किसकी हँसी ज्यादा मासूम है, बच्चों की या उनकी! किंतु ज्यों ही इन बच्चों की तबीयत जरा भी अलील हुई, कहाँ गई हँसी? यों सेवा-उपचार में व्यस्त रहते कि शक होता, वह बच्चों की माँ है, या वे?

यह नहीं, अपने शरीर का फटा कुरता वे फख्र से रखते—पैबंद से उन्हें जैसे प्रेम हो गया हो। किंतु जब कभी बच्चों के कपड़े फटे देखते, जैसे उनकी छाती फट जाती! और यदि कभी गाँव के किसी यज्ञ-उत्सव पर या किसी पर्व-त्योहार पर बच्चे नए कपड़े के लिए जिद करते, तब तो वे कट से जाते! बच्चों को हँसकर बहलाते, किंतु उनके हृदय में कौन सा हाहाकार मच जाता, क्या वह नहीं परखती?

माता के हृदय के लिए जरूरी नहीं कि छाती पर दूध के दो घड़े ही रखे हों!

किंतु वह कहाँ बहकी जा रही है? वह अपनी तसवीर भूली जा रही है, उसके बदले वह उनकी-ही-उनकी तसवीर देख रही है!

उसकी तसवीर, उनकी तसवीर! अब वह जिंदगी के जिस छोर पर पहुँची है, क्या वहाँ कहीं भी दो तसवीरें नजर आती हैं? वह अपने को अब कहाँ पा रही है? चेष्टा करके भी वह अपने को अगर पा सकती? अब तो वह चारों ओर उन्हें-ही-उन्हें पा रही है। अगर उसका अस्तित्व बचा रहता, तो क्या वह उन संकटों को झेल सकती, नहीं-नहीं, उन संकटों से खेल सकती, जो जिंदगी की इस ढलती बेला में एक-पर-एक उस पर गिरते रहे हैं! अब तो वह उस जगह पहुँच गई है, जहाँ दर्द दवा बन जाता है, निदान उपचार में परिणत हो जाता है!

यह उन्हीं की महिमा है, उन्हीं का प्रताप है!

किंतु इस एकात्मता ने जहाँ ऐसा वरदान दिया है, वहाँ इसका एक दुखद पहलू भी है।

अब उसने हर दुख को उनकी नजरों से देखना शुरू किया है। इसलिए अपना दुख भूलकर भी, वह दुखों की दुनिया से अपने को विलग नहीं कर पाती। यह छोटा सा उदाहरण। आज वह इतना दुखित क्यों है? क्या सिर्फ अपने दुख से? नहीं; बार-बार उसका ध्यान जाता है उनकी ओर, जो इस आधी रात की निस्तब्धता में भी, उस एकांत कोठरी में जगे हुए बैठे होंगे! बैठे, सोचते, न जाने इस घटना को रानी ने कैसे लिया हो? न मालूम, बच्चों ने क्या महसूस किया हो?

वह छोटी सी साड़ीवाली बात! उन्होंने न जाने हृदय के किस कोने में उसे बंद करके रख छोड़ा था और इस बार जब गिरफ्तारी की चर्चा सुनी, सबसे पहला काम यह किया कि बाजार गए और साड़ियों का एक बंडल ही खरीदकर घर में रख दिया। आपने यह क्या किया? उसके पूछने पर उन्होंने सिर्फ मुसकराते हुए इतना कहा, एक वर्ष के लिए ये साड़ियाँ शायद काफी होंगी!

□

"भौजी, आनेवाले स्टेशन पर उतरना है, सामान दुरुस्त कर लिया जाए।" उसके देवर ने कहा। और भी मुसाफिर अपने सामान ठीक कर रहे थे। इसी स्टेशन पर उतरना है, इस बात ने उसे काफी संतोष दिया, क्योंकि वह अब तसवीरों की उस दुनिया में पहुँच चुकी थी, जहाँ बाहरी आकार नहीं होते, टेढ़ी-मेढ़ी लकीरों के भीतर अस्पष्ट, धुँधली भावनाएँ होती हैं; आँसुओं में पली, उच्छ्वासों में खेली, जो देखनेवालों के लिए खेलवाड़ होती हैं, किंतु समझनेवालों के लिए मौत! जिनकी व्याख्या की नहीं जा सकती, जिन पर टीका हो नहीं सकती...

□

(ग) एतद्धि

देखिए, वह स्टेशन से एक घोड़ागाड़ी देहात की ओर चली जा रही है।

वे ही सब-के-सब। बच्ची के हाथ में झुनझुना है, वह बजा रही है, किलक रही है। बच्चा बिस्कुट कुतर-कुतरकर खा रहा है। बड़ा लड़का रास्ते की चीजों की ओर बच्चे का ध्यान बार-बार आकृष्ट करता है। नौजवान समझता है, बच्चों का गार्जियन वही है, क्रमशः सबकी ओर ध्यान देना, सबकी ख्वाहिशें पूरी करता और सबका जी बहलाता, वह खुद भी इन्हीं में बहला हुआ है।

किंतु वह स्त्री? उसके शरीर को घोड़ागाड़ी ढोए ले जा रही है, घर की ओर; किंतु उसका मन कहाँ है? हृदय कहाँ है? उसकी आँखों से पूछिए, उन आँखों से जिनकी पलकें सूजी हुई हैं और जिनकी पुतलियाँ इस तरह अचंचल हो रही हैं, जैसे उनमें ज्ञान ही नहीं हो। रास्ते के ये पेड़-पौधे, बाहर के ये खेत-खलिहान, ऊपर की यह गाड़ी की छत, बगल के ये बच्चे, क्या उसकी आँखों में इनमें से किसी की भी प्रतिच्छाया है?

जो उसकी आँखों में, हृदय में, मन में, नस-नस में रमे हुए हैं, वे इस समय कहाँ हैं?

भेंट न हुई, न हुई। उन्हें देखे कोई ज्यादा दिन नहीं हुए। यही

पाँच-छह महीने तो हुए उन्हें इस बार जेल आए। भरी जवानी में इससे दुगने, तिगुने, चौगुने दिनों तक उन्हें नहीं देखकर भी वह धैर्य रख सकी, किंतु आज उसे क्या हुआ जा रहा है? लोग कहते हैं, जवानी ढलने पर प्रेम का ज्वार भी भाटे में पहुँच जाता है। तो फिर, उसके हृदय में यह ज्वार-ही-ज्वार क्यों हाहाकार कर रहा है? समुद्र का ज्वार भी अपनी मर्यादा का ज्ञान रखता है। लेकिन यहाँ यह क्या हो रहा है?

सामने बच्चे हैं, एक तो काफी सयाना है। क्या वह इन बातों को नहीं समझता होगा? फिर, वह मन-ही-मन क्या कहता होगा? उसका यह देवर, वह देख नहीं रही, वह उसकी इस खिन्नता से कितना उद्विग्न है? वह भी क्या सोचता होगा, भौजी को यह क्या हो गया है? और रास्ते के ये चलनेवाले पथिक, जो औरत को देखते ही घूरने लगते हैं, क्या कहते होंगे? नहीं-नहीं, यों आम रास्ते पर अपनी मर्यादा को लुटाना मुनासिब नहीं।

किंतु वह करे तो क्या करे? तर्क से अपने दिमाग को तो वह कुछ स्थिर कर पाती है, किंतु यह कम्बख्त दिल, रह-रहकर जैसे वहाँ एक बिजली चमक जाती है, वह काँप उठती है, उसके होंठ हिल जाते हैं, उसकी आँखें बरसने लगती हैं। यह उसका क्या उपचार करे?

आँसू, आँसू, आँसू! ज्वार, ज्वार, ज्वार? भँसा ले जाओ, तुम जहाँ चाहो! बेभरम तो कर ही डाला, अब रहम की जरूरत क्या?

शीतल छाया। घोड़े पसीने-पसीने। सत्तू की दूकान। गाड़ीवान घोड़े को आराम दे रहा है, सत्तू पिला रहा है। गद्दा डालकर गाड़ी के यात्री उस पर बैठे हैं।

नौजवान उस देहाती पान की दुकान पर चला गया है। लड़का भी उसके साथ है। बच्ची सो गई है। छोटे बच्चे से वह स्त्री दिल बहला रही है। इतने में वह चिल्ला उठा, पंडुक-पंडुक।

पंडुक-पंडुक। वह उसकी ओर दौड़ा। स्त्री ने देखा, दो पंडुक,

वैसे ही जैसे बचपन में उसने देखा था। धूसर पंख, काले बुंदे, गले में नीली सी रेखा, चमकीली गोल आँखें, सुंदर लंबी चोंच—दोनों पंडुक अगल-बगल चुग रहे! बच्चे के पैर की धमक से चौकन्ने हुए, उड़े, उनके चारों पंख इस तरह हवा में हिलकोरे दे रहे थे, मानो वे एक ही कल के चार पुरजे हों।

ये पंडुक और इनका प्रेम। एक साथ जन्मे, एक साथ बढ़े और एक साथ ही चल देंगे, या तो साथ-साथ या एक-दूसरे के वियोग में बिसूरते!

अभिशापित प्राणी! बचपन में वियोग, जवानी में वियोग, बुढ़ापे में वियोग। जीवन में वियोग, मृत्यु में वियोग। भोग के लिए तुमने क्या-क्या नहीं किया ओ मानव? किंतु मिला वियोग, वियोग! सुख की खोज में हमेशा दुख पाया तुमने।

भुजाओं से तुम्हें संतोष नहीं हुआ, पंख बनाए। उड़े तो; किंतु गिरे ऐसे कि भुजाएँ भी न रह गईं।

कंदरा या खोंढर से तसल्ली कहाँ, प्रकृति पर विजय करना चाहते थे, प्रकृति के गुलाम बने! जमीन पर स्वर्ग बसाना चाहा, उसे नरक बना डाला! बड़े-बड़े महल बनाए। लेकिन वही महल तुम्हारे कैदखाने हो रहे हैं। तड़पा करो उनमें, कुछ कैदी कहलाते हुए, कुछ अपने को स्वतंत्र मानते हुए!

तड़प, तड़प! चीख, चीख! जहाँ देखो, तड़प, चीख!

और पंडुक स्वच्छंद विचर रहे हैं, मस्त हैं। पंखों के पर, कंकड़ के भोजन, प्रेमी-प्रेमिका का अहर्निश संग।

यों ही वह सोचे जा रही थी कि उसने देखा, उसका छोटा बच्चा पंडुक के पीछे दौड़ा जा रहा है। वे इस डाली से उस डाली पर, इस टीले से उस टीले पर बैठ रहे हैं और वह उनके पीछे बेतहासा भागा जा रहा है!

वह खड़ी होकर उसे पुकारना चाहती थी। कि—

कि उसके पैर लड़खड़ा गए, समूचा शरीर झनझना उठा, उसने पाया, उसे गश आ रहा है, वह गिरने-गिरने को है, झट बैठने का उपक्रम करने लगी।

किंतु क्या बैठ सकी? गद्दे पर लुढ़क सी गई। उसका देवर अलग से देख रहा था, वह दौड़ा, बड़ा लड़का दौड़ा। दोनों नजदीक आए, भौजी, क्या हुआ? मैया, क्या हाल?

उसने आँखें खोलीं, "कुछ नहीं, जरा पानी..."

काका और भाई को दौड़ते देख, छोटा बच्चा भी पहुँच चुका था। पसीने से तर उस बच्चे को गोद से सटाते हुए, उसने फिर आँखें बंद कर लीं।

□□□